Sabine Kobel

Wer betrügt,
hat mehr vom Leben
oder
Zwei Wochen aus dem Leben
der Annette K.

Kurzroman

Karin Fischer Verlag

Für Mona

Besuchen Sie uns im Internet:
www.karin-fischer-verlag.de

Bibliografische Information Der Deutschen Bibliothek
Die Deutsche Bibliothek verzeichnet diese Publikation
in der Deutschen Nationalbibliografie;
detaillierte bibliografische Daten sind im Internet über
http://dnb.ddb.de abrufbar.

Bibliographic information published by Die Deutsche Bibliothek
Die Deutsche Bibliothek lists this publication
in the Deutsche Nationalbibliografie;
detailed bibliographic data is available in the Internet at
http://dnb.ddb.de.

Originalausgabe
1. Auflage 2004

© 2004 Sabine Kobel
© 2004 für diese Ausgabe Karin Fischer Verlag GmbH
Postfach 10 21 32 · D-52021 Aachen
Alle Rechte vorbehalten

Gesamtgestaltung: yen-ka
(Covergestaltung unter Verwendung
eines Fotos von S. Kobel)

Printed in Germany

ISBN 3-89514-478-9

*Wer betrügt,
hat mehr vom Leben
oder
Zwei Wochen aus dem Leben
der Annette K.*

Es ist abends.
Alle haben sich im großen Festsaal versammelt.
Es wird gegessen und getrunken. Die Stimmung ist aufgeräumt und heiter. Ein Kollege schüttet der Jubilarin unbemerkt Sekt in ihren Orangensaft.
Direktor Ignaz Schimmelpfennig von der Versicherungsgesellschaft »Leben und Sterben« hält eine Rede.

»Sehr verehrte Frau Klasen, ich fühle mich überaus geschmeichelt, Sie seit fünfzehn Jahren meine Mitarbeiterin nennen zu können. Als Sie bei uns anfingen, da waren Sie irgendeine von vielen Juristinnen, frisch von der Universität mit vielen Flausen im Kopf. Das hat sich bei Ihnen schnell geändert. Schon der erste Fall war Ihr großer Durchbruch. Eigentlich sollten Sie lediglich die Auszahlung einer Lebensversicherung bearbeiten. Der Fall schien klar zu sein. Sie jedoch mit Ihrem jugendlichen Eifer spürten sofort, daß etwas an der Sache stank, Pardon, juristisch nicht einwandfrei war. Und so deckten Sie in akribischer Kleinarbeit einen Betrug auf, über den das ganze Land noch lange sprach. Da sich Ihre Vorgehensweise kostengünstig für unser Unternehmen ausgewirkt hat, beschlossen wir, daß das Aufklären von Betrugsdelikten fortan Ihre Aufgabe sein sollte. Und wir haben es bis zum heutigen Tag beziehungsweise Abend nicht bereut. Und deshalb darf ich zu meinen Ausgangsworten zurückkommen: Ich fühle mich nicht nur geschmeichelt und geehrt, son-

dern ich bin auch glücklich, Sie, meine liebe Frau Klasen, meine Mitarbeiterin nennen zu können. Und ich will es noch einmal betonen, daß durch Ihr Engagement größere Schäden unserem Unternehmen gegenüber verhindert werden konnten.
Was soll ich noch viele Worte machen! Ihr erfolgreicher Einsatz in diesen fünfzehn Jahren und vor allem Ihre spektakulären Fälle in diesem Jahr sollen endlich belohnt werden. Und dies tue ich heute abend. Ich erkläre und ehre Sie hiermit zur ›besten Spürnase des Jahres‹ in unserem Unternehmen. Es darf getanzt werden.«

*

Es war schon weit nach dreiundzwanzig Uhr, als ich von dieser Veranstaltung nach Hause kam und einen Parkplatz in der Nähe meiner Wohnung suchte.
Ich hatte wenig gegessen und war müde und gereizt.
Plötzlich sah ich eine Parklücke direkt vor meiner Eingangstür und setzte kurzerhand – und ohne nach hinten zu schauen – zurück.
Da krachte es auch schon. Ich stieg aus. Mein Kontrahent tat das gleiche. Ein in weiße Tücher gehüllter Mensch stand vor mir. Männlich. Ein Araber!
Ich stürzte mich wütend auf ihn, gab ihm eine Ohrfeige und fauchte ihn an: »Was bilden Sie sich eigentlich ein?! Können Sie nicht aufpassen, Sie Arsch?«
Der Araber war ebenfalls aufgebracht.
»Was heißt denn hier aufpassen? Sie haben doch zurückgesetzt, ohne sich umzuschauen. Sonst hätten Sie mich doch bemerkt!«
Während wir uns so anschrieen, stieg nach und nach eine

vermummte Frau nach der anderen aus dem Inneren des kleinen Fiats, insgesamt fünf und alle jammernd und wehklagend. Ich war baff, daß so viele Menschen in ein so kleines Auto paßten. Ich kniff die Augen zu, weil ich glaubte zu träumen. Doch das hätte ich nicht tun sollen, denn nun hatten sich die Personen verdoppelt. Nach nochmaligem Kneifen waren es wieder fünf vermummte, immer noch wehklagende Weiber. Die ganze Sache ging mir langsam an die Nerven. Deshalb machte ich mich an meinem Fahrzeug zu schaffen. Ich konnte keinen Schaden feststellen. Was sich am folgenden Tag als großer Irrtum herausstellen sollte. Der Fiat des Arabers war völlig hinüber. Öl, Wasser und Benzin liefen aus. Aber da ich mich ja im Recht glaubte, war mir sein Schaden ziemlich egal. Ich war müde, wollte nicht länger auf der Straße herumdiskutieren. Ich wollte nur noch eines – in mein Bett! Deshalb versuchte ich das Ganze als Lappalie darzustellen.

»Meine Güte, es ist doch nichts passiert.« Der Araber versuchte zu protestieren, aber dies ließ ich nicht zu.

»Junger Mann, ich habe einen ziemlich langen Tag hinter mir. Ich bin nämlich eine ziemlich müde Spürnase und gehe jetzt in mein Bettchen. Hier ist meine Visitenkarte. Falls Sie mich mal wieder bumsen wollen ... ich meine, falls Sie noch einen Defekt bei sich entdecken sollten, scheuen Sie sich nicht! Rufen Sie mich einfach an! Ich repariere Sie dann. Huch, das reimt sich ja! Na dann.«

Ich überreichte dem völlig verdutzt dreinschauenden Araber vermeintlicherweise meine Visitenkarte.

Erst später – nämlich bei der Gerichtsverhandlung – erfuhr ich, daß ich ihm einen Zettel in die Hand gedrückt hatte, auf dem mein nächster Vorsorgetermin beim Gynäkologen notiert war.

Dann entschwand ich in die Toreinfahrt meines Hauses. Ich legte mich angezogen auf mein Bett und schlief sofort ein.

*

»Hier spricht die Polizei. Öffnen Sie unverzüglich. Falls Sie unserer Aufforderung nicht nachkommen, brechen wir Ihre Tür auf!«
Ich schreckte auf. Hatte ich geträumt? Noch bevor ich weiter darüber nachdenken konnte, hörte und sah ich, wie das Türschloß aufgebrochen, besser gesagt herausgesägt wurde.
Ich sah in ein kreisrundes Loch und wußte plötzlich, daß ich nicht träumte. Dies war schlimmste Realität, ein Alptraum!

*

Auf der Polizeidirektion war ich ziemlich erregt und aufgebracht.
»Was wollen Sie eigentlich von mir? Sie können mich doch nicht einfach mitten in der Nacht aus dem Bett holen! Wir sind doch hier in keiner Bananendiktatur! Sie behandeln mich ja wie einen Schwerverbrecher! Ich hab' doch nichts getan. Ich bin lediglich müde.«
Der Polizeibeamte behandelte mich ziemlich herablassend.
»Gewiß, meine Teuerste. Das werden wir gleich sehen. Jetzt machen wir erst einmal ein kleines Spielchen. Darf ich bitten?«
Und dann mußte ich auf einem weißen Strich balancieren, was zu meiner Verwunderung total danebenging.

Auch das Zueinanderführen der Zeigefinger beider Hände ging schief.
Trotz allem hatte ich noch ein großes Maul. Ich faselte irgend etwas wie »Das war doch gar nicht so übel«. Was war eigentlich mit mir los? Sie schickten mich schließlich zur Blutabnahme. Mein Führerschein wurde einbehalten. Ich sollte ihn so schnell nicht wiedersehen ...

*

Am nächsten Morgen war ich ziemlich zerknirscht. Außerdem hatte ich einen mächtigen Brummschädel. Aber es half alles nichts. Ich mußte meinem Vorgesetzten, Herrn Pichelhuber, den Vorfall beichten. Ich war zittrig, hatte einen hochroten Kopf und mir war übel, als ich ihn in seinem Büro aufsuchte.

»Herr Pichelhuber, ich muß Ihnen etwas gestehen. Ich ...«
Er unterbrach mich. »Sie lieben und verehren mich ..., wollten Sie doch sagen?! Habe ich ins Schwarze getroffen, Frau Klasen?« Dabei lachte er und wirkte ein wenig überdreht.

»Herr Pichelhuber, ich habe Mist gebaut, großen Mist. Und zwar gestern nacht. Die Polizei hat mir den Führerschein abgenommen, wegen des Verdachts der Trunkenheit im Straßenverkehr. Und dann ist da noch die angebliche Fahrerflucht.«

Herr Pichelhuber schaute mich entsetzt an.
»Na, das ist ja ein dickes Ding! Wie konnte denn so etwas passieren? Sie trinken doch gar keinen Alkohol, Sie kleine Moralapostelin. Das weiß doch ein jeder hier in der Firma.«

Meine Lebensgeister kamen langsam wieder zurück.
»Ja, das ist es ja. Ich kann es mir einfach nicht erklären.

Jemand muß mir Alkohol in meinen Saft gemischt haben, ohne daß ich etwas bemerkt habe. Das heißt, gemerkt habe ich schon, daß etwas nicht stimmte. Mir war nämlich ganz schön übel. Aber ich dachte, das käme von der Aufregung.«
Herr Pichelhuber machte auf mich einen besorgten, ja eher aufgeregten Eindruck.
»Mein Gott, Frau Klasen, wie peinlich! Gerade erst geehrt und groß gefeiert und dann so etwas! Führerscheinentzug und Alkoholmißbrauch! Wie schrecklich! Das könnte für den ›Alten‹ natürlich ein Kündigungsgrund sein. Sie wissen ja, daß er Anstand und Moral ganz groß schreibt ... Wenn er das erfährt ...! Der hält doch so große Stücke auf Sie!«
Unser aller Chef, Direktor Ignaz Schimmelpfennig, hielt tatsächlich viel von mir. Ich war sozusagen das beste Pferd in seinem Stall. Aber auch menschlich – moralisch war ich ihm in den fünfzehn Jahren meiner Tätigkeit immer nur positiv aufgefallen. Keine Affären, kein Alkohol, keine sonstigen Auffälligkeiten.
So stellte er sich einen Vorzeigemitarbeiter vor. Oder vielleicht auch eine Tochter, die er nicht hatte. Kurzum, es wäre eine herbe Enttäuschung für ihn gewesen, seine Meinung über mich revidieren zu müssen.
Ich mußte Herrn Pichelhuber unbedingt dazu bringen, daß er meine Geschichte vertraulich behandelte. Fast schon ärgerte ich mich, daß ich mich ihm offenbart hatte. Bisher hatte ich ihn immer für einen loyalen und aufrichtigen Menschen gehalten. Hoffentlich hatte ich mich nicht getäuscht ... Deshalb beschwichtigte ich ihn und spielte das Ganze etwas herunter.
»Er muß es ja nicht erfahren. Vielleicht stellt sich ja die ganze Sache als harmlos heraus, weil die sich einfach geirrt haben!«

Er tat ein wenig komplizenhaft, als er sich über den Schreibtisch beugte.

»Also, wir werden das schon irgendwie schaukeln. Ich werde Sie natürlich decken ... zunächst einmal, versteht sich. Vielleicht bekommen Sie Ihren Lappen ja schon bald wieder zurück. Meine liebe Annette – so darf ich Sie doch nennen –, ich halte große Stücke auf Sie, ja ich bin sogar ein heimlicher Verehrer; das kann ich Ihnen bei dieser Gelegenheit ja nun gestehen – jetzt, wo wir ein kleines gemeinsames Geheimnis haben. Und deshalb glaube ich auch weiterhin an Sie und übergebe Ihnen einen neuen dubiosen Fall. Fahren Sie gleich morgen nach Heidelberg und recherchieren Sie.«

Er legte mir die Akte in die Hand und lächelte mich an. Ich war erleichtert.

»Vielen Dank für Ihr Verständnis, Herr Pichelhuber.«

Er korrigierte mich. »Das heißt: Vielen Dank für Ihr Verständnis, Alfred.«

Ich brummte ein verlegenes Ja. Aber er bestand darauf, daß ich seinen Vornamen aussprach. Also tat ich es.

»So gefällt mir das schon besser. Sie können jetzt gehen, Annette.«

*

Ich war erleichtert und gleichzeitig freudig überrascht über sein Geständnis, er sei schon immer ein Verehrer von mir gewesen.

»Er verehrt mich! Und wie er meinen Vornamen ausgesprochen hat, fast zärtlich. Alfred ...«

Ich hauchte gerade seinen Namen, als die Aufzugstür aufging und ich von Ignaz Schimmelpfennig in die Realität zurückgeholt wurde.

»Famoser Abend gestern. Sehr gelungen! Ich hoffe, Sie sind noch gut nach Hause gekommen?!«

Während er mit mir sprach, schaute er ungeduldig auf seine Armbanduhr. Bevor ich etwas antworten konnte, öffnete sich der Fahrstuhl. Er ging mit großen Schritten auf eine Frau mittleren Alters zu.

»Agathe, darf ich dir die ›Spürnase des Jahres‹ vorstellen? Frau Klasen, meine Vorzeigemitarbeiterin.«

Frau Schimmelpfennig erwiderte ein kurzes, etwas verhuschtes »Angenehm!«. Zu mehr kam es nicht, denn Herr Schimmelpfennig hatte das Gespräch bereits wieder an sich gezogen.

»Wie Sie sicher schon erraten haben, handelt es sich hierbei um meine Frau. Sie fährt für ein paar Tage weg, besucht eine alte Freundin. Und da sie mich in letzter Zeit kaum noch zu Gesicht bekommen hat – Besprechungen, Geschäftsreisen, Geschäftsessen, na, Sie wissen ja, wie das so ist –, mußte ich ihr versprechen, mir vor ihrer Abreise wenigstens noch einmal die Zeit für ein gemeinsames Mittagessen zu nehmen.«

Während er noch redete, winkte er ungeduldig den Portier herbei, der geflissentlich auf ihn zueilte.

»Max, ich bin in spätestens einer Stunde wieder da. Sag den Leuten von der Security Corporated, sie sollen schon mal ohne mich anfangen.«

Dann entschwand er mit wehendem Mantel und seiner Frau im Schlepptau. Der Portier schaute mich vielsagend an.

*

Ich entschied mich, meinem väterlichen Freund und einzigen Vertrauten einen Besuch abzustatten.

Er hieß Vladimir Rhoshkenazy und war ein gütiger und

weiser Mensch. Er hatte ein Engagement als Dirigent an der Alten Oper und war gerade von einer Tournee zurückgekommen.

Während ich die Treppen zum Konzertsaal hochlief, wurde gerade das »Warschauer Konzert« einstudiert. Ich betrat den Saal und schlich mich nach vorn in die dritte Reihe. Dort schaute ich ihm eine Weile zu, bis er eine Pause machte. Dann sah er mich endlich und strahlte über das ganze Gesicht.

»Annika, wie schön, dich zu sehen! Was führt dich denn hierher?«

»Ach Vladimir!« Und dann fiel ich ihm in die Arme.

»Deine Tournee war ein Erfolg. Ich hab' alles über dich in den Medien verfolgt. Ich freu' mich so!«

Vladimir schaute mich etwas irritiert an.

»Aber deshalb bist du doch nicht zu mir gekommen?! Dich zwickt doch irgendwas?!«

Er hatte mich mal wieder durchschaut.

»Vladimir, du bist der einzig wahre Freund, den ich habe.«

»Die Sprache ist dem Menschen gegeben, um seine Gedanken zu verbergen. Ich glaube, das hat mal der olle Talleyrand gesagt. Und nun erzähl endlich! Was ist passiert?«

»Ich habe eine Dummheit begangen. Unfall. Suff. Führerschein weg.«

Vladimir sah mich ungläubig an.

»Aber du verträgst doch gar keinen Alkohol?!«

»Eben deshalb! Aber Spaß beiseite. Ich hatte doch diese Ehrung – die ›beste Spürnase des Jahres‹ und so ... Ja, und da muß ich die Gläser verwechselt haben. Auf jeden Fall hatte ich ganz schön einen sitzen. Na ja, meinem Vorgesetzten, dem Herrn Pichelhuber, habe ich das Ganze gestanden. Aber der ist ein feiner Kerl. Der hält dicht. Direktor Schimmelpfennig darf auf gar keinen Fall davon erfahren. Das wäre zu pein-

lich. Der setzt nämlich sehr hohe Maßstäbe an seine Mitarbeiter. Und ich bin sein Aushängeschild, sein auserkorener Liebling. Der wäre so enttäuscht von mir. Der würde mich glatt rauswerfen.«
Vladimir versuchte mich zu beruhigen.
»Na, na, na, Kindchen! Fallen ist keine Schande, aber liegenbleiben. Es gibt Schlimmeres als einen Führerscheinentzug. Aber was deinen verehrten Herrn – wie heißt er noch mal? – Pichelhuber angeht, da kann ich dir nur raten: Vorsicht ist besser als Nachsicht!«
»Du sprichst in Rätseln, du weiser Philosoph. Wie meinst du das mit Pichelhuber?«
»Du vertraust dem Mann zu sehr. Der hat dich doch in der Hand! Der kann dir noch übel mitspielen. Paß ein wenig auf dich auf! Und mach dir erst mal keine überflüssigen Sorgen. Arbeitest du wieder an einem heißen Fall?«
»Ich weiß noch nicht. Morgen fahre ich nach Heidelberg, um in einem neuen Fall zu recherchieren. Mal sehen, was dabei rauskommt. Danke erstmal fürs Zuhören.«
»Nichts zu danken. Melde dich, wenn es etwas Neues gibt oder du Hilfe von deinem alten Freund benötigst. Mein Orchester und ich sind die nächsten zwei Monate in Frankfurt, bis wir wieder auf Tournee gehen. Du weißt also, wo du mich findest, Annika.«
Ich umarmte und küßte ihn zum Abschied. Dann ging ich nach Hause, ein wenig beschwingter, als ich gekommen war.

*

Ignaz Schimmelpfennig steht vor einem heruntergekommenen schmuddeligen Haus und klingelt.
Eine tiefe Stimme krächzt durch die Sprechanlage.

»Wer da?«
»Ich bin es, Ignaz. Laß mich rein!«
Die Tür geht auf. Er geht mehrere Treppen hoch. Schließlich bleibt er vor einer Tür stehen mit der Aufschrift »Domina Brunhilde«.

Eine korpulente strenge Mitvierzigerin steht plötzlich im Türrahmen. Sie trägt schwarze Lederkleidung und hat eine Peitsche in der Hand, die sie spielerisch hin und her bewegt. Mit rauchiger Stimme fragt sie: »Was machst du böser Junge hier unangemeldet an meiner Tür?«

»Sei mir nicht böse, Brunhilde, meine geliebte Herrin. Ich bin allein. Meine Frau ist verreist. Meine Sehnsucht nach deiner strengen Hand wurde übermächtig.«

Domina Brunhilde winkt ihn herein.

»Du böser unnützer Junge. Du weißt doch, daß ich dich dafür bestrafen muß?!«

Im Inneren der Wohnung liegen verschiedene Folterinstrumente herum. Peitschen gibt es in jeder Variation.

Direktor Schimmelpfennig kniet auf allen vieren, bekleidet mit BH, Seidenstrümpfen und Strapsen. Am Boden liegen hochhackige Pumps. Domina Brunhilde sitzt auf ihm und peitscht ihn aus. Er stöhnt wollüstig. Im Hintergrund läuft Wagnermusik.

*

Als ich in Heidelberg ankam, regnete, blitzte und donnerte es. Ich kämpfte mit meinem Schirm und schaute beschwörend zum Himmel. Das fing ja gut an!

Endlich hielt ein Taxi, das bereit war, mich in diesem nassen Zustand mitzunehmen. Beim Einsteigen zerriß ich meine Nylons. Gleichzeitig stieß ich mich mit dem Kopf am Türrahmen. Der Regen tropfte aus meinem Haar. Die Wimperntusche zerfloß. Der Taxifahrer fragte mürrisch, wohin ich wollte.

»Zum ›Flotten Hecht‹, bitte.«

»Versauen Sie mir bloß nicht meinen Rücksitz« war seine Antwort.

Als wir dort ankamen, stellte ich fest, daß es mittags geschlossen hatte. Also machte ich kehrt und ging in eines der nächstgelegenen Restaurants. Kellner in Livree begrüßten mich, eine gepflegte Atmosphäre schlug mir entgegen. Ich war in einem Sternerestaurant gelandet, ohne es zu merken. Ein eleganter Kellner kam auf mich zugeschwebt.

»Guten Tag, gnädige Frau. Sie haben reserviert?«

Ich verneinte.

»Nun, ich will sehen, was ich tun kann.«

Er führte mich in die Mitte des Restaurants, wo noch ein kleiner Tisch frei war. Bevor er mir die Speisekarte in die Hand drückte, machte er mich darauf aufmerksam, daß es heute frische Austern gäbe.

»Direkt von den Austerbänken bei Arcachon. Sehr zu empfehlen.«

Das freute mich natürlich, denn ich aß Austern für mein Leben gern. Also strahlte ich ihn an.

»Ja, das wäre doch was. Davon hätte ich gerne zwei, nein, warten Sie, drei Dutzend. Und ein Glas Pellegrino, bitte.«

Kurze Zeit später kam der Kellner mit dem Bestellten zurück. Ich schlürfte meine Austern und genoß es sehr.

Trotzdem machte ich mir bereits so meine Gedanken, wie ich die Zeche prellen konnte. Ich gebe zu, das ist nicht die feine Art. Aber hat nicht jeder von uns einen kleinen Tick? Ich jedenfalls führe ein ziemlich belangloses Leben. Ich muß gestehen, daß ich recht einsam und etwas frustriert bin. Sozusagen als Kompensation habe ich mir angewöhnt, bei meinen zahlreichen Restaurantbesuchen die Zeche zu prellen. Ich versuche natürlich, nicht gar zu gewöhnlich dabei vorzugehen.

Ich bestellte einen Espresso. Gerade als er ihn mir servieren wollte, stürzte ich würgend auf die Toilette. Die Gäste um mich herum schauten alle mitleidig zu mir und vorwurfsvoll zum Kellner. Der zuckte hilflos mit den Schultern, den Espresso noch immer in der Hand.

Im Waschraum putzte ich mir erst einmal die Nase, wusch mir die Hände und grinste in mich hinein. Dann schminkte ich mir besorgniserregend dunkle Augenringe. Zufrieden schaute ich mich im Spiegel an. Ich sah überzeugend schlecht aus.

Da erst fiel mir die Toilettenfrau auf, die mich die ganze Zeit schon entgeistert beobachtet hatte. Sie fragte mich ganz rührend: »Hat's net g'schmeckt?«

Ich ließ die Frage unbeantwortet und stürzte wieder laut stöhnend ins Restaurant zurück. Der *chef de la cuisine* stürzte mir seinerseits voller Betroffenheit und ziemlich schwul entgegen.

»Ich bin untröstlich. Die Lieferung war doch ganz frisch! Da muß sich so ein kleines verdorbenes Austernluder dazwischengemogelt haben. Das geht natürlich alles auf Kosten des Hauses.«

Ich würgte ein »Das will ich auch hoffen!« hervor und verließ wutschnaubend das Lokal. Fast gleichzeitig erhob sich ein anderer Gast und verabschiedete sich ebenfalls ohne zu zahlen.

»Ihren Stern sind Sie los. Guten Tag, die Herren.«

Na, hoffentlich macht das da drinnen keine Schule, dachte ich so beim Hinausgehen und mußte bei dem Gedanken schmunzeln.

In dem Moment rempelte mich jemand an. Ich drehte mich

um und erkannte den vermeintlichen Testesser. Er entschuldigte sich bei mir und lud mich zu einem Drink ein. Ich hatte nichts dagegen; schließlich hatte ich auf den Espresso verzichten müssen.

»Gestatten, daß ich mich vorstelle?! Von Litzow, Claus von Litzow. Mit ›tz‹. Und Claus mit ›c‹.«

Ich mußte innerlich grinsen. So etwas Verstaubtes und Vorgestriges war mir schon lange nicht mehr untergekommen. Aus Spaß erwiderte ich:»Klasen, Annette Klasen. Mit ›k‹.«

Claus von Litzow tat sehr wichtig:»Also Frau Klasen, Sie haben mir die Augen geöffnet. Dieses Lokal hat keinen Stern verdient!«

Ich tat erstaunt:»Aber warum denn? Die Austern waren vorzüglich. Ich habe mich doch nur verschluckt!«

Er guckte mich etwas verwundert an und meinte dann ganz kleinlaut:»Na ja, wenn das so ist, dann bin ich eigentlich auch kein Michelintester. Dann noch einen schönen Tag.«

Plötzlich hatte er es sehr eilig.

»Und was ist mit der Einladung?« Ich konnte den Satz kaum zu Ende sprechen, da war er bereits verschwunden. Ich wollte bezahlen, konnte meine Briefasche aber nicht finden. Langsam dämmerte es mir. Herr von Litzow war zwar kein Tester vom Guide Michelin, dafür aber ein Taschendieb. Ich rannte aufgeregt aus dem Bistro, in der Hoffnung, ihn noch zu erwischen. Der Barkeeper rief mir wütend hinterher:»Hey, was ist mit der Bezahlung?«

Ich winkte ungnädig ab und rannte vergeblich Herrn von Litzow hinterher. Schließlich blieb ich völlig außer Atem an einer Straßenecke stehen. Einen kurzen Moment lang dachte ich, Agathe Schimmelpfennig in Begleitung eines jungen gutaussehenden Mannes Arm in Arm auf der gegenüberliegenden Straßenseite entdeckt zu haben. Aber ich mußte mich wohl geirrt haben. Ging jetzt schon meine Fantasie mit mir durch?

*

Am gleichen Abend ging ich wieder »Zum Flotten Hecht«. Auf der Speisekarte am Eingang stand der Name der Inhaberin: Gertrude Wansenhuber. Diese Frau sollte mich die kommenden Wochen mehr beschäftigen, als ich anfangs vermutete.

Ich betrat das Lokal und schaute mich um. Eine guterhaltene ältere Dame kam mir freundlich entgegen. Es war Frau Wansenhuber persönlich. Ich wollte mich an irgendeinen Tisch setzen. Doch sie sagte: »Entschuldigen Sie, aber dieser Tisch ist unseren Stammgästen vorbehalten. Wie wäre es mit diesem hier?«

Ich erwiderte: »Danke, ist mir auch recht.«

Nun kam Frau Wansenhuber mit der Speisekarte und nahm die Bestellung auf.

»Also, zuerst einmal nehme ich die Chicoreeschiffchen mit Garnelen. Als zweiten Gang die Artischockenböden im Strudelteig. Als Hauptgang kann ich mir das Steinbutt-Cordon bleu mit Räucherlachs gut vorstellen. Dann vielleicht zur Entspannung der Magennerven ein Süppchen? Nein, das wird zuviel! Aber was Süßes geht immer noch rein. Also, zur Abrundung eine Joghurt-Limetten-Creme mit Erdbeermark. Bitte!«

Ich lehnte mich entspannt und zufrieden zurück. Frau Wansenhuber entschwand in der Küche.

Das Essen war köstlich. Als ich bei der Nachspeise angekommen war, fragte sie mich, ob es geschmeckt hat beziehungsweise ob alles in Ordnung sei.

Ich antwortete: »Delikat und süß. Am besten, ich komme gleich zum Thema, Frau Wansenhuber. Ich bin in der Tat wegen einer delikaten Sache bei Ihnen. Und wenn alles seine Ordnung hat, werden Sie bald ein süßes Leben führen können.«

Frau Wansenhuber stotterte: »Ich verstehe nicht ganz ...«

»Darf ich mich vorstellen? Klasen. Ich komme von der Lebensversicherung ›Leben und Sterben‹ und bearbeite Ihren Fall. Und ich hab' noch ein paar Fragen.«

In dem Moment kam die Kellnerin mit einem Espresso. Frau Wansenhuber nahm ihr die Tasse vom Tablett, stellte sie vor mich auf den Tisch und flüsterte mir verschwörerisch ins Ohr: »Ich schlage vor, Sie trinken in aller Ruhe Ihren Espresso. Und dann beantworte ich Ihnen alle Fragen dieser Welt – aber oben in meiner Wohnung. Das Essen geht selbstverständlich auf Kosten des Hauses.«

Diesen letzten Satz hörte ich immer wieder gern.

Betont höflich bedankte ich mich. Dann trank ich meinen Espresso aus, und wir gingen zu ihr hoch in die Wohnung.

*

Ich schaute mich neugierig um, während ich sie fragte: »Wo haben Sie ihn eigentlich gefunden, Ihren toten Ehemann?«

Frau Wansenhuber wirkte leicht gereizt: »Aber das ist doch schon alles zu den Akten genommen worden.«

Mit strenger Stimme erwiderte ich: »Frau Wansenhuber, mein Unternehmen zahlt nicht einfach so ohne weiteres zwei Millionen Euro, ohne sich ein Bild vom wahren Hergang gemacht zu haben.«

»Was heißt denn hier ›wahrer Hergang‹? Das sind ja wohl schlimme und haltlose Unterstellungen. Mein Mann ist an

Herzversagen gestorben. Fragen Sie doch den Arzt!« – »Genau das habe ich getan. Aber schön der Reihe nach! Anläßlich meiner Recherchen habe ich dem Bestattungsunternehmer ›Zur ewigen Ruhe‹ einen Besuch abgestattet. Dabei habe ich folgendes erfahren: Ihr leichenschauender Hausarzt Dr. Danner hat auf einem alten, längst nicht mehr gültigen Formular zwar den ›natürlichen‹ Tod dokumentiert, aber verwirrenderweise dazugeschrieben, es läge ein Unglücksfall vor. Ich fand dies höchst merkwürdig. Deshalb bin ich hier. Die Polizei habe ich übrigens noch nicht verständigt. Das würde jedoch dann dazu führen, daß die Leiche beschlagnahmt und obduziert wird. Wie hätten Sie es denn gerne?«

Frau Wansenhuber wirkte sehr unruhig. Sie goß sich mit zittrigen Händen einen Cognac ein und trank ihn hastig. Kaum hatte sie das Glas abgestellt, bekam sie einen Ausschlag im Gesicht und einen heftigen Asthmaanfall. Ich versuchte ihr zu helfen, indem ich ihr die Bluse öffnete und sie zum geöffneten Fenster schleppte. Dabei bemerkte ich ein großes Muttermal an ihrem Hals. Ich hatte an der gleichen Stelle ebenfalls ein identisches Muttermal. Was für ein Zufall!

Als ich sie fragte, ob sie solche Anfälle öfter habe, gestand sie mir, daß sie eine Alkoholallergie habe. »Ich kann machen, was ich will. Ich vertrag das Zeug einfach nicht. Hab' es völlig vergessen.«

»Ich hab' Ihnen wohl einen ganz schönen Schrecken eingejagt, was?«

Frau Wansenhuber atmete tief durch. »Das kann man wohl sagen. Sie müssen nämlich verstehen, daß ich auf den guten Ruf meines Restaurants angewiesen bin. Und da kommen Sie daher und verdächtigen mich, meinen Mann ermordet zu haben.«

»Ihr Hausarzt Dr. Danner – ich war übrigens so frei und habe ihm einen Besuch abgestattet – kennt Ihren Mann, Pardon, kannte Ihren Mann zu gut, um bei seinem plötzlichen Tod mißtrauisch zu werden. Er wußte, daß er starker Alkoholiker war. Und das reichte ihm als Begründung: zu Tode gesoffen. Man weiß doch, wie das läuft: Hausärzte schauen den Toten, der bekleidet vor ihnen liegt, kurz an und stellen dann den Totenschein aus. Der Arzt, liebe Frau Wansenhuber, befindet sich bei der Leichenschau medizinisch und menschlich in einer schwierigen Situation. Er will ja schließlich die Hinterbliebenen nicht verärgern und als Patienten verlieren, wenn er sich in einer solchen Situation die Leiche genauer ansieht und womöglich noch die Polizei hineinzieht. Hausärzte machen erst Meldung, wenn noch eine Waffe im Körper des Verstorbenen steckt oder der Täter heulend und zeternd neben der Leiche steht und alles zugibt. Frau Wansenhuber, in meiner Laufbahn habe ich vieles erlebt. Selbst manche ärztliche Kapazitäten sind bei Giftmorden einfach überfordert ...

Bei den letzten Worten zuckte mein Gegenüber merklich zusammen.

»Was heißt denn hier ›Giftmord‹?«

Das war mein Stichwort. »Genau da sind wir wieder beim Thema, Frau Wansenhuber. Nachdem der Bestattungsunternehmer die, wie schon angesprochen, Ungereimtheiten auf dem Totenschein bemerkt hatte, setzte er sich mit dem betreffenden Arzt in Verbindung. Dieser beruhigte den Bestattungsunternehmer mit dem Hinweis, er habe wenig Erfahrung mit dem Ausfüllen von Totenscheinen und es sei ihm wohl ein Fehler unterlaufen. Der Bestattungsunternehmer war vorerst beruhigt. Dann kam jedoch ein Anruf, in dem man ihn drängte, die Beisetzung schnellstens durchzuführen.

Und nun raten Sie, wer der Anrufer war? Sie, Frau Wansenhuber! Was mich jedoch noch viel mehr stutzig machte, war die Aussage des Bestattungsunternehmers, daß Ihr Mann verbrannt werden sollte. Dann wären ja alle Spuren beseitigt gewesen. Kein Mensch hätte Ihnen dann noch einen Mord nachweisen können, vor allem ich, beziehungsweise mein Unternehmen nicht. Und wir hätten Ihnen die zwei Millionen Euro ausgezahlt und Ihnen ein sorgenfreies Leben finanziert.«

Frau Wansenhuber hatte mir die ganze Zeit ohne Regung zugehört. Nun platzte es aus ihr heraus.

»Aber was reden Sie denn da! Das sind doch alles nur haltlose Unterstellungen. Sie haben keinerlei Beweise.«

Selbstsicher lehnte sie sich in ihrem Sessel zurück.

Jetzt war der Moment gekommen, wo ich zuschlagen konnte.

»Nichts leichter als das! Ein Anruf von mir, und Ihr Mann wird zur Obduktion freigegeben. Dann werden wir ja sehen.«

Von ihrer Selbstsicherheit war nun nichts mehr zu spüren.

Sie lief völlig aufgelöst hin und her und wollte wieder zur Cognacflasche greifen. Ich konnte sie gerade noch zurückhalten. Dann setzte sie sich und sah mich resigniert an.

»Also gut. Mein Mann war ein fauler Trunkenbold. Er gefährdete unsere Existenz. An manchen Tagen torkelte er durch das Lokal, beschimpfte meine Gäste, pinkelte ihnen in ihr Essen und lallte ihnen Obszönitäten ins Ohr. Ich hatte genug von dieser Ehe. Eine Scheidung kam für mich jedoch nicht in Frage, denn es hätte nichts geändert. Der Terror wäre weitergegangen. Außerdem gehörte das Lokal ihm. Er hätte mich vor die Tür setzen können. Wohin hätte ich gehen sollen?«

Sie atmete tief durch. Ich konnte ihr förmlich ansehen,

was für eine Hölle sie durchgemacht haben mußte. Dann redete sie weiter: »Ich bin schon einmal vor vielen Jahren gegangen, und ich habe es bereut. Diesen Fehler wollte ich nicht noch einmal machen. Also war er es, der weg mußte! Ich wußte, daß er nachts immer eine gefüllte Schnapsflasche an seinem Bett stehen hatte, um bei Bedarf weitertrinken zu können. So ist bei mir der Plan gereift, ihn mit Rohrreiniger zu vergiften. Ich arbeitete an diesem besagten Tag im Restaurant. Zwischendurch ging ich in die Wohnung hoch, um zu sehen, ob mein Mann schon schlief. Er war jedoch nur betrunken und führte lallende Selbstgespräche. Dann, etwa zwei Stunden später, war es soweit. Er lag angezogen im Bett und schnarchte. Ich nahm die Schnapsflasche, in der kaum noch etwas drin war, füllte sie mit Schnaps und ›Rohrfrei-Flüssig‹ auf. Dann stellte ich die Flasche so an sein Bett, daß er mühelos danach greifen konnte.«

»Hilft garantiert bei Verkalkung«, rutschte mir so raus. »Entschuldigung, es war nicht so gemeint. Fahren Sie fort.«

Frau Wansenhuber machte einen etwas genervten Eindruck.

»Mir blieb nur noch die Hoffnung, daß er nichts merken würde, wenn ihn in der Nacht der Durst übermannte und er dieses Gebräu zu sich nahm. Dann ging ich wieder runter ins Restaurant. Nach Mitternacht habe ich dann das Restaurant geschlossen, die Abrechnung gemacht und bin hoch in mein Schlafzimmer. Irgendwann in der Nacht hörte ich einen entsetzlichen Schrei. Am nächsten Morgen ging ich rüber in sein Schlafzimmer. Da lag er – zusammengekrümmt vor seinem Bett. Er war tot. Ich habe dann die leere Flasche beseitigt, eine andere angebrochene Flasche neben das Bett gestellt und den Hausarzt benachrichtigt. Dr. Danner kannte meinen Mann recht gut. Er wußte, daß er starker Alkoholiker war. Insofern war er nicht übermäßig überrascht über seinen Tod. ›Zu Tode gesoffen‹, sagte er und stellte den Totenschein aus. Na ja, den Rest kennen Sie ja.«

Frau Wansenhuber machte auf mich den Eindruck, als wäre sie erleichtert. Ich hingegen war über ihr detailliertes Geständnis schockiert. Wir griffen beide gleichzeitig zum Cognacglas und tranken es in einem Atemzug aus. Dann stürzten wir atemringend ans offene Fenster und schnappten nach Luft.

*

Als ich von Heidelberg zurückkam, ging ich noch auf einen Sprung ins Büro. Ich wollte mir noch mehr Information über die Identität von Gertrude Wansenhuber beschaffen.

Es war früher Abend, und ich rechnete nicht mehr damit, einem meiner Kollegen zu begegnen. Als ich gerade am Zimmer des Personalchefs vorbeiging, hörte ich, wie sich Direktor Schimmelpfennig und der Personalchef unterhielten. Die Tür war nur angelehnt.

»Herr Direktor, ich habe hier die Liste der Mitarbeiter, die für eine Gehaltserhöhung in Betracht kommen. Wie steht es mit Frau Klasen? Wir haben sie schon zweimal übersprungen.«

Ich blieb wie elektrisiert stehen. Direktor Schimmelpfennig antwortete: »Alle guten Dinge sind drei, mein Lieber.«

Dabei lachte er, als sei ihm ein besonders guter Witz gelungen.

»Ich will damit sagen, daß Sie sie auch ein drittes Mal überspringen sollen. Solange sie mit einer Lobeshymne zufriedenzustellen ist, müssen wir sie nicht unnötig mit mehr Gehalt verwöhnen.«

Der Personalchef fand die ganze Sache offenbar ebenfalls äußerst amüsant. Lachend erwiderte er: »Hoffentlich behält sie ihren Idealismus und ihre Naivität noch lange bei. Sie ist unsere billigste und gleichzeitig effektivste Mitarbeiterin!«
Ich ging wie betäubt weiter. Enttäuschung, Betroffenheit, Wut?
Ich wußte nicht, was ich in dem Moment empfand.
Ich wußte nur eines – ich mußte ganz schnell hier raus, bevor ich mich übergab. Am ganzen Körper zitternd, verließ ich das Gebäude. Zuerst lief ich völlig ziellos durch die Straßen Frankfurts, bis ich feststellte, daß ich ja ganz in der Nähe der Alten Oper gelandet war. Vladimir! Natürlich! Er würde mir helfen, wieder einen klaren Gedanken zu fassen.
Ich rannte aufgeregt die Treppen zum Konzertsaal hoch. Schon von weitem hörte man das Orchester proben. Es wurde das »Warschauer Konzert Nr. 1« von Addinsell gespielt. Ich schlich mich in den Konzertsaal und setzte mich in die letzte Reihe. Vladimir beendete gerade die Probe.
»Genug für heute. Vielen Dank, meine Herren.«
Ich stürzte auf ihn zu.
»Vladi, ich muß dich dringend sprechen.«
Er nahm mich in seine Arme und drückte mich.
»Allem Anschein nach gibt es Neuigkeiten?!«
Ich war noch etwas aufgeregt und außer Atem.
»Das kann man wohl sagen. Ich komme gerade vom Bahnhof. Nein, stimmt nicht, eigentlich vom Büro. Also, ich war in Heidelberg. Du weißt schon, mein neuer Fall.«
Vladimir schaute mich wissend an.
»Mich beschleicht so ein Gefühl, daß dies ein längeres Gespräch werden könnte. Und du siehst so aus, als könntest du einen schönen beruhigenden Tee und etwas Eßbares vertragen, in gemütlicher italienischer Atmosphäre, versteht sich.«

Langsam kamen meine Lebensgeister zurück.
Ich sagte: »Woher nimmst du nur immer diese guten Ideen? Laß uns gehen! Ich sterbe vor Hunger.«

*

Ein paar Straßen weiter gab es einen Italiener, bei dem wir schon so einige Abende verbracht hatten. Wir setzten uns in eine Nische, wo wir uns ungestört unterhalten konnten. Im Hintergrund lief Musik von Lucio Dalla: »Dallamericaruso«. Mein absolutes Lieblingslied. Der Abend fing gut an.
Vladimir wirkte ungeduldig.
»Also, erzähle!«
Ich wußte nicht so recht, wo ich anfangen sollte.
»Es geht um Mord, zwei Millionen Euro, und eventuell um meine Mutter.«
Vladimir schlug theatralisch beide Hände über dem Kopf zusammen.
»Ach du lieber Gott! Das hört sich ja nach einem ›Tatort‹ an! Kennst du das Sprichwort: Wer sich unter die Kleie mischt, der wird von den Schweinen gefressen? Ich glaube, dieses Mal muß ich mir Sorgen um dich machen!«
»Ach, du mit deinen klugen Sprüchen! Ich kann da nicht mehr zurück. Ich bin schon mittendrin ...
Diese Frau in Heidelberg hat mir – unter Druck, versteht sich – den Mord an ihrem Mann gestanden. Gift! Wäre die ganze Sache nicht aufgeflogen, hätte sie zwei Millionen Euro kassiert. Und ich bin die einzige, die das weiß und davon profitieren kann. Ich hab' sie in der Hand. Ich könnte sie zum Beispiel wegen Mordes an ihrem Mann und wegen versuchten Versicherungsbetruges anzeigen. Sie käme in den Knast. Mein Versicherungsunternehmen wäre fein raus. Und ich

bekäme einen lauwarmen Händedruck. Ich könnte sie aber auch erpressen und schweigen. Damit wäre ich aus dem Schneider und hätte zwei Millionen. Womit ist mir wohl mehr gedient, Vladimir?«

Er war ziemlich aufgebracht und wütend.

»Das ist ja eine einzige zerebrale Diarrhöe – Durchfall im Gehirn, wenn du es genau wissen willst! Du setzt deinen Job aufs Spiel.«

Langsam wurde ich ebenfalls ärgerlich.

»Duschen, ohne daß du naß wirst, gibt es nicht.«

Vladimir versuchte es nun mit der väterlichen Tour.

»Aber das Ganze ist doch viel zu gefährlich. Du läßt dich mit einer Mörderin ein. Die schreckt doch nicht davor zurück, noch einmal zuzuschlagen, um an die Millionen zu kommen.«

Warum mußte er so verdammt negativ sein? Warum begriff er nicht, daß dies meine Stunde war?

»Ein Pessimist ist jemand, der, wenn er Blumen riecht, sich nach dem Sarg umschaut. Eine bessere Chance kann ich doch gar nicht kriegen! Ich dreh' den Spieß jetzt einfach um. Seien wir doch mal ehrlich. Ich bin von meiner Firma doch von Anfang an nur ausgenutzt worden. Ich hab' denen zig Millionen gerettet! Und was habe ich dafür bekommen? Ein mäßiges Gehalt, armselige Spesen, die mich zwingen, die Zeche zu prellen. Und nicht zu vergessen – die wiederkehrenden Beteuerungen, ich sei das beste Pferd im Stall. Dummes Pferd! Ich hab die Schnauze voll!«

Ich hatte mich so richtig in Rage geredet. Das erniedrigende Gespräch, das ich noch vor ein paar Stunden zufällig belauscht hatte, zeigte nun seine Wirkung.

»Ich will jetzt auch mal was vom großen Kuchen abhaben. Ich war immer viel zu anständig und zu angepaßt. Eine graue Maus bin ich. Das wird sich ändern!«

Vladimir versuchte, beruhigend auf mich einzuwirken.

»Mag sein, daß du deine Firma übers Ohr hauen kannst und dich meinetwegen auf diese Art und Weise an ihr rächst. Aber gegen eine Mörderin anstinken, das ist eine Nummer zu groß für dich!«

Mir fielen ein paar Worte Erich Kästners ein, die meines Erachtens zu dem ganzen Thema paßten.

»›Ja, die Bösen und Beschränkten sind die Meisten und die Stärkeren. Aber spiel nicht den Gekränkten. Bleib am Leben, sie zu ärgern!‹ Erich Kästner. Diese Mörderin ist mit großer Wahrscheinlichkeit meine leibliche Mutter. Und ich habe jetzt endlich und völlig unerwartet die Möglichkeit, mich an dieser herzlosen Frau zu rächen. Darauf habe ich seit Jahren gewartet.«

Vladimir wurde plötzlich nachdenklich.

»Du hast mir nie etwas über deine Eltern erzählt. Was ist eigentlich mit ihnen passiert?«

»Ich war noch sehr klein, als sie mich und meinen Vater in einer Nacht- und Nebelaktion verlassen hat. Sie ist ohne Erklärung einfach abgehauen. Hat mich im Stich gelassen. Die eigene kleine Tochter! Wahrscheinlich wegen irgendeinem dahergelaufenen Kerl. Jahrzehntelang habe ich meinen ganzen Ärger in mich reingefressen. Und dann steht auf einmal der Grund für diesen Frust und diese Wut vor mir. Das ist doch Schicksal! Da muß ich doch handeln!«

Vladimir kommentierte meine Äußerungen höchst pastorenhaft, was überhaupt nicht seiner Art entsprach.

»Es liegt alles in Gottes Hand.«

Ich klang wohl ziemlich zynisch, als ich ihm antwortete.

»Ja, das stimmt, wenn man die Hände in den Schoß legt. Ich will aber nicht länger wie ein Schaf durchs Leben gehen. Ich will endlich aktiv werden. Und ich fange jetzt damit an.«

Vladimir hatte resigniert. »Ich merke schon, ich kann dich nicht bremsen. Und vielleicht ist das ja auch gut so. Mach, was du für richtig hältst! Aber woher nimmst du die Gewißheit, daß ausgerechnet diese Giftmörderin deine Mutter ist?«
Die Frage war nicht ganz unberechtigt.
»Mit Sicherheit weiß ich es nicht. Viele Punkte sprechen aber dafür. Sie hat ebenfalls eine Alkoholallergie; übrigens mit den gleichen Reaktionen, nämlich Pickel und Atemnot. Und sie hat ein Muttermal am Hals. Und jetzt rate mal, an welcher Stelle? Genau hier.«

Ich zeigte ihm mein Muttermal. Dann fuhr ich fort mit meinen Vermutungen und Beobachtungen.

»Eine Äußerung von ihr hat mich dann endgültig stutzig gemacht. Sie sagte, sie sei schon einmal vor vielen Jahren von Zuhause weggegangen und habe es bereut. Diesen Fehler wollte sie nicht noch einmal machen, so oder ähnlich waren ihre Worte.«

Vladimir schien nicht besonders überzeugt zu sein.
»Das können doch alles Zufälle sein.«
»Ich weiß. Deshalb werde ich mir bei unserem nächsten Treffen Gewißheit verschaffen.«
Er schien nun ein wenig beruhigter.
»Na dann viel Glück! Halte mich auf dem Laufenden. Und wenn du Hilfe brauchst ...«
»Dann weiß ich, wo ich dich finde. Danke.«

*

Am darauffolgenden Tag saß ich bei Alfred Pichelhuber im Büro und berichtete von dem Besuch bei Frau Wansenhuber.
»Tja, so wie es aussieht, ist alles in bester Ordnung. Leider! Der Auszahlung des Geldes steht nichts mehr im Wege.

Übrigens eine wirklich nette Person. Muß sehr an ihrem Mann gehangen haben. Die große Liebe sozusagen ... Ach, übrigens besteht sie darauf, daß ihr das Geld persönlich übergeben wird. Sie will keinen Neid erregen – bei den Bankangestellten. In solch einer Kleinstadt kennt ja jeder jeden. Das Gerede, na, Sie verstehen? Eine sehr bescheidene Frau. Ich übernehme das gerne.«

Alfred Pichelhuber hatte die ganze Zeit aufmerksam zugehört.

»Geht in Ordnung. Ich werde die Auszahlung anweisen. Morgen fahren Sie dann zu ihr und übergeben ihr das Geld. Vergessen Sie nicht, eine Quittung auszustellen.«

Ich war schon dabei zu gehen und in Gedanken bei den zwei Millionen, als er mich zurückrief.

»Ach, und noch etwas, Frau Klasen. Ich bin heute abend verhindert. Könnten Sie nicht für mich einspringen und einen meiner Geschäftspartner zu einem Essen begleiten? Er ist sehr wichtig und einflußreich. Ich schulde ihm noch etwas.«

Ich fühlte mich geschmeichelt und geehrt, meinen Chef bei einem offiziellen Empfang mit vielen wichtigen Leuten zu vertreten. Deshalb willigte ich auch sofort hocherfreut ein. Er überreichte mir eine Karte mit der Adresse, wo ich mich um zwanzig Uhr einfinden sollte. Beim Hinausgehen rief er mir noch zu: »Seien Sie doch bitte nett zu ihm!«

Ich wußte nicht so recht, wie er das meinte, machte mir aber auch keine weiteren Gedanken darüber, arglos wie ich war. Dann verließ ich das Büro und ging nach Hause. Schließlich mußte ich mich ja für den Abend vorbereiten.

* * *

Sobald Frau Klasen sein Büro verlassen hatte, griff Alfred Pichelhuber zum Telefon. Er rief Luciano Fato an, den besagten Geschäftsfreund.

»Hallo, Luciano!«

»*Ciao, Alfredo, come stai?*«

»Gut, bestens. Und wie geht es dir, Luciano?«

»*Bene, bene.* Aber so richtig gut würde es mir gehen, wenn du deine Wette endlich einlösen würdest.«

Alfred Pichelhuber wußte, daß er davon anfangen würde. Deshalb triumphierte er ein wenig innerlich, als er ihm antwortete.

»Und genau deshalb rufe ich an. Es ist soweit. Ich sage dir, das wird deine größte Herausforderung auf erotischem Gebiet. Du bekommst heute abend Besuch. Von meiner Mitarbeiterin. An der kannst du dir die Zähne ausbeißen. Du hast freie Hand. Sie ist in meiner Schuld. Ach, und noch etwas: Sie verträgt keinen Alkohol ...! Viel Spaß, alter Schwerenöter!«

Es mag verwundern, daß ein ehrenwerter Mann wie Pichelhuber mit Luciano Fato, einem überaus eitlen italienischen Mafiaboß und Callgirl-Ring-Besitzer, befreundet sein kann. Das sollte sich auch nicht unbedingt herumsprechen. Aber es stimmt.

Sie lernten sich vor einem Jahr kennen. Pichelhuber bekam einen Anruf, in dem man ihn in die »Gorilla Bar« befahl. Es ginge um eine Lebensversicherung der besonderen Art, gab man ihm zur Auskunft. Mehr sollte er vor Ort erfahren. Für seine Begriffe etwas dubios, aber er fuhr hin.

Als er in der Bar ankam, war es vierzehn Uhr nachmittags, und ein paar halbnackte Mädchen probten für die Abendvorstellung. Andere Damen saßen gelangweilt herum, lösten

Kreuzworträtsel, rauchten oder beschäftigten sich anderweitig.

Als er sich suchend umsah, kam ihm ein kleiner, energiestrotzender Kerl entgegen, hakte sich vertraulich bei ihm unter und machte eine ausladende Bewegung:»Das gehört alles mir, Luciano Fato! Und Sie sind sicher der Mann, der mir das alles versichert?!«

Pichelhuber war beeindruckt, sowohl von diesem Kerl als auch von seinem Besitz.

»Gestatten, Pichelhuber ist mein Name. Von der Versicherungsgesellschaft ›Leben und Sterben‹. Ihr Besitz gefällt mir, Herr Fato. Alle Achtung!«

Luciano Fato lachte aus voller Brust.

»Können Sie jetzt nachvollziehen, warum ich nicht in Ihr Büro kommen wollte?«

Pichelhuber war sich immer noch nicht im klaren, was genau er eigentlich versichern wollte. Deshalb fragte er:»Woran dachten Sie denn? Ich meine, was oder wen wollen Sie denn absichern?«

Pichelhubers Unwissenheit oder besser gesagt Naivität schien Luciano Fato noch mehr zu belustigen. Seine Stimme überschlug sich beinahe.

»Ja wen wohl? Meine kleinen Schäfchen, meine Pferdchen!«

Gleich darauf wurde seine Stimme nüchtern und kalt.

Als ob er von einer Ladung Orangen oder Bananen sprach, erklärte er Pichelhuber folgendes:»Passen Sie mal auf! Das hier sind meine Arbeitskräfte. Nutten. Mein Eigentum. Und das will ich möglichst auch behalten. Man muß heutzutage innovativ denken. Sie glauben nicht, wie grausam der Markt sein kann. Da sind zum einen diese lästigen Kerle von der Konkurrenz, die mir die besten Mädels abwerben wollen. Und da ist zum anderen ein anderes heikles Problem: Es gibt ja auch böse Mädchen, die nicht gehorchen und bestraft werden müssen. Und dann verschwindet die eine oder andere ganz plötzlich spurlos und wird zwei Wochen später aus dem Fluß gefischt. Außerdem sind ja auch nicht alle Freier liebe Kerle. Da passieren immer wieder tödliche Unfälle. Und wer leidet darunter? Ich! Luciano Fato! Ich investiere nämlich eine Menge Geld, Geduld, Zeit etc. pp. in diese Hühnchen. Da sind Ausfälle, wie ich sie bereits erwähnt habe, ein Verlustgeschäft. Was also ist die Lösung? Eine Lebensversicherung bei ›Leben und Sterben‹. Das ist gut für den lachenden Erben.«

Dabei lachte er aus vollem Hals. Dann wurde er wieder ernst.

»Spaß beiseite! Mit einer Lebensversicherung im Rücken überlegen sich meine besten Pferde im Stall sehr genau, ob sie den Arbeitgeber wechseln. Und was die bösen Mädchen angeht, so habe ich als begünstigte Person im Falle ihres Ablebens immerhin meine Investitionen abgesichert. Also, Herr Suffelhuber ...«

»Pichelhuber, bitte« korrigierte Pichelhuber ihn.

»Also, Herr Pichelhuber, auch gut. Dann schreiten wir doch zur Tat. Und falls es in der Durchführung dieser Angelegenheit Probleme gibt, dann beseitigen Sie sie! Wo soll ich unterzeichnen?« Dabei zückte er einen vergoldeten überdimensional großen Füller in der Form eines Penis und grinste über das ganze Gesicht.

Der Mann war einfach unverschämt überzeugend. Pichelhuber war sich durchaus im klaren, daß das ganze Unternehmen eine brisante Sache war. Eigentlich hätte er spätestens jetzt seine Bedenken äußern müssen. Doch nun machte Fato ihm ein Angebot, das er nicht ausschlagen konnte. Es war einfach zu verlockend!

»Hören Sie gut zu, Pichelhuber. Woran erkennt man einen Mann von Welt?«

Pichelhuber wußte erst nicht, was Fato wollte. Also zuckte er nur still mit den Schultern.

»Dann will ich es dir sagen. Ein Mann von Welt verkauft seine Freunde nur für größere Beträge. Was ich damit meine? Ganz einfach. Ich kann überaus großzügig sein. Regeln Sie das mit meinen Mädchen, dann dürfen Sie sich einen Monat lang kostenlos bedienen. Ich hoffe, Sie stehen auf Frauen?!«

Pichelhuber war von Fatos Angebot so angetan, daß er ins Stottern kam. »Und ob, Herr Fato, und ob! Ich werde alles zu Ihrer Zufriedenheit regeln. Sie hören von mir.«

Und er regelte dann auch alles – zur gemeinsamen Zufriedenheit. Wegen der Unterzeichnung der Verträge kam es zu einem erneuten Treffen. Dieses Mal lud Fato ihn in eines seiner Restaurants ein. Langsam begriff er, daß Fato ein wirklich einflußreicher Mafia-Boß war. Irgendwie faszinierte ihn seine Macht, und wie er damit umging. Und irgendwie faszinierte ihn der Gedanke, mit ihm Geschäfte zu machen. Es wurde ein feuchtfröhlicher Abend. Beide tranken ein wenig über den Durst. Schließlich bot Fato ihm das »du« an.

»Ich heiße Luciano. Und merk dir: Luciano verkauft seine Freunde nur für größere Beträge!«

Dabei lachte er wieder ausgelassen wie ein kleiner Junge, der gerade etwas Verbotenes getan hat. Irgendwann kam das Gespräch auf Frauen, im allgemeinen und im besonderen. Fato meinte, die Weiber wollten doch nur das eine. Pichelhuber wollte ihm beipflichten.

»Jawohl, sie wollen uns Männer ruinieren.« Fato gab ihm zwar recht, aber er meinte eigentlich etwas anderes.

»Die Bestimmung der Frau ist es, eine Nutte zu sein, sich

dem Manne zu unterwerfen, ihm all seine Wünsche zu erfüllen, sich zu erniedrigen. Und weil es die Bestimmung einer jeden Frau ist, ist es auch ihr heimlicher, sehnlichster Wunsch. Aber nur die wirklichen, die professionellen Nutten leben sich aus. Und die langweilen mich. Die so fürchterlich anständigen Damen sehnen sich lediglich danach. Aber sie trauen sich nicht. Aber genau die reizen mich. Das ist sozusagen Missionarsarbeit. Ich wette mit dir, daß ich aus jeder beliebigen Dame eine Nutte mache.«

»Und was hab' ich davon?« fragte Pichelhuber weinselig.

»Wenn mir der Nachweis gelingt, darfst du ein ganzes Jahr lang meine Mädchen bumsen.«

Schon der Gedanke allein erregte Pichelhuber. »Das nenn' ich ein Wort, Luciano. Abgemacht!«

Dann prosteten sie sich zu und bekräftigten ihre Wette. So hatten sie sich kennengelernt. So waren sie Freunde geworden. So entstand diese Wette. Und heute abend sollte sie eingelöst werden ...

* * *

Ich hatte mich elegant gekleidet, ganz auf Dame. Schließlich wollte ich meinen Chef nicht blamieren. Meine neue Frisur stand mir übrigens ausgezeichnet. Trotzdem war ich ein wenig nervös, als ich vor der pompösen Eingangstür dieses wichtigen Geschäftspartners Pichelhubers stand.

Luciano Fato. Import-Export. Ich hatte keinerlei Hintergrundinformationen über diesen Herrn. Aber ich sagte mir, wer so beeindruckend wohnte, der konnte kein gar zu schlechter Mensch sein.

Ich klingelte. Ein Butler öffnete die Tür. Ich stand in der hellerleuchteten Empfangshalle, als ein Mann mit offenen Armen und ziemlich theatralisch auf mich zugeeilt kam.

Er hatte sich gerade eben noch, als ich klingelte, eine kräftige Linie Kokain reingezogen. Doch das wußte ich zu diesem Zeitpunkt noch nicht, sonst wäre mir vielleicht einiges erspart geblieben.

»Luciano Fato, *signorina. Fato* heißt auf deutsch das Schicksal. Ich will und werde heute abend ihr Schicksal sein.«

Dann bot er mir kavaliersmäßig seinen Arm an, und ich hakte mich bei ihm ein.

Das Speisezimmer bot eine festliche Stimmung. Unzählige Kerzenleuchter brannten. Der Kamin prasselte vor sich hin. Nicht nur die vielen Gläser irritierten mich, sondern die Feststellung, daß nur für zwei Personen eingedeckt war. Ich war verwirrt. Ungläubig schaute ich in die Runde, dann wieder auf den Tisch.

»Ich glaub', ich hab' mich in der Hausnummer vertan. Wo sind die anderen?«

Luciano Fato reagierte bei dieser Frage ganz entsetzt.

»Welche anderen? Bin ich Ihnen nicht genug?«

Theatralisch schlug er sich mit der Hand an die Stirn.

»Oh, ich verstehe! Sie bevorzugen es mit mehreren?!«

Jetzt tat er entsetzt und beleidigt.

»Aber Sie kennen mich doch noch gar nicht! Geben Sie mir eine Chance, *signorina*. Ich bitte Sie!« Dann warf er sich verzweifelt auf die Knie. Ich überlegte gerade, ob ich peinlich berührt oder irritiert reagieren sollte. Doch er nahm mir diese Entscheidung ab, indem er wieder aufstand, als sei nichts gewesen.

Mit souveräner Stimme setzte er das Gespräch fort.

»Wenn Sie nur mit mehreren in Stimmung kommen, nun

ja, wir könnten den Butler fragen. Er ist für gewöhnlich etwas spröde. Aber in diesem Fall macht er vielleicht eine Ausnahme. Und dann, *signora*, wäre da noch der Gärtner. Er wohnt gleich hier hinterm Haus. Frauen auch?«
Dabei schaute der liebe Herr Fato etwas bestürzt. Doch dann setzte er seine Überlegungen fort.
»Na ja, die Köchin ... Also mein Geschmack ist die ja nicht. Aber was soll es. Ich lese Ihnen jeden Wunsch von den Augen ab. Ich habe übrigens auch noch drei deutsche Schäferhunde, einen Boxer und zwei chinesische ...«
Jetzt merkte er wohl, daß er im Begriff war, etwas zu weit zu gehen, und hielt mitten im Satz inne.
»Aber lassen Sie uns doch erst einmal dinieren, bevor wir überstürzte Entscheidungen treffen.«
Der Butler servierte den ersten Gang. Es gab Unmengen von Austern ...! War das ein Zufall?
Luciano Fato sagte mit besorgter Stimme: »Ich hoffe, Sie ekeln sich nicht vor Austern. Ich kann Ihnen natürlich auch etwas anderes servieren lassen.«
Ich hauchte: »Ich liebe Austern.«
Der Butler war gerade dabei, Champagner einzugießen. Lächelnd wehrte ich ab.
»Nein, danke. Leider vertrage ich Alkohol nicht besonders gut.«
Signor Fato schien das nicht allzu sehr zu interessieren. Mit einer großzügigen Geste meinte er: »Es gibt Schlimmeres. Hauptsache, Ihnen schmecken die Austern. Sollen ja sehr gesund sein, Sie verstehen?!«
Dabei zwinkerte er mir wissend zu. Ich lächelte etwas pikiert.
Dann wurde der zweite Gang serviert. Der Butler erklärte uns mit ernster Mimik, worum es sich handelte.

»Dies ist ein Avocado-Shrimps-Cocktail. Dazu empfehle ich einen Pinot Grigio 1999.«

Der Butler rümpfte die Nase, als ich mich erneut für ein Glas Wasser entschied. Er war sichtlich unzufrieden. Aber was kümmerte mich der Butler! Ich wollte mehr über Signor Fato erfahren. Er war ein kleiner energiegeladener Kerl, ein Danny de Vito-Typ, laut dreist und großmaulig, jedenfalls vordergründig. Gleichzeitig wirkte er sympathisch, offen und direkt. Ein solcher Typ von Mann war mir in meinem bisherigen Leben nicht begegnet. Aber in dieser Hinsicht hatte ich auch nicht allzu viel Erfahrung ... Dieser Mann hatte etwas Mitreißenden, Packendes. Er strotzte nur so vor Lebensfreude. Aber was wußte ich schon von ihm? Nichts! Deshalb fragte ich ihn: »Was machen Sie eigentlich beruflich, Herr Fato? Import-Export ist ein weiter Begriff ...«

Wie aus der Pistole geschossen kam seine Antwort.

»Ich hab' meine Finger überall. Ich mache zum Beispiel Frauen glücklich.« Dabei fingerte er unter dem Tisch an meinem Knie herum.

Ich war etwas konsterniert. »Wie soll ich das verstehen? Ein Gigolo sind Sie doch nicht?!«

»Nun ja, bei mir können sich die Frauen sexuell austoben. Ohne Tabus. Ohne Versteckspiel. Keine störende Moral. Purer Sex. Pure Geilheit. Ich verwöhne die Frauen, indem ich sie benutze. Frauen wollen erniedrigt werden! Sie natürlich nicht, gnädige Frau. Sie sind eine Dame. Sie würden solche Dinge niemals tun.«

Jetzt war ich aber etwas verunsichert und fragte nach.

»Von welchen Dingen sprechen Sie?«

Unser Gespräch wurde vom Butler unterbrochen. Der dritte Gang wurde serviert. Es gab Kaviar auf angebratenem Tatar. Ich schenkte mir Wasser nach. Der Butler wurde nun sehr ungeduldig. Er meinte: »Gnädige Frau, ich rate Ihnen dringend, ein Glas Wein zu sich zu nehmen. Sie vertragen sonst diese Unmengen von Eiweiß nur sehr schlecht. Umgekehrt verträgt sich der Wein in Verbindung mit Eiweiß vorzüglich. Ich habe da so meine Erfahrungen.«

Ich fühlte mich sauwohl, und seine Erklärungen über Eiweiß, Alkohol etc. waren für mich nachvollziehbar. Deshalb lächelte ich ihn dankbar an und sagte: »Sie haben ja so recht. Ein Gläschen in Ehren kann keiner verwehren.«

Ich trank einen großen Schluck und lehnte mich entspannt zurück. Es entging mir dabei völlig, daß sich der Butler und Luciano Fato verschwörerische Blicke zuwarfen. Ich versuchte, an das vorausgegangene Gespräch wieder anzuknüpfen.

»Sie sprachen von gewissen Dingen, die gewisse Frauen tun. Sie haben mich neugierig gemacht, Signor Fato!«

Er tat so, als wolle er dieses Thema nicht weiter vertiefen.

»Signorina, das ist nichts für eine Dame wie Sie. Ich spreche von Frauen, die Männer unendlich glücklich machen, indem sie tun, was Männer mögen!«

Naiv hakte ich weiter nach: »Ja aber das ist doch nichts Ehrenrühriges, einen Mann glücklich zu machen ... wenn er es verdient hat.«

Signor Fato war plötzlich wie ausgewechselt. Hoffnungsfroh fragte er mich: »Heißt das, Sie würden mich glücklich machen wollen ...?«

Glücklicherweise unterbrach uns der Butler erneut. In seiner Funktion als Kellner servierte er uns Riesengarnelen und Hummer auf Fusili mit Zucchini. Ich fühlte mich großartig.

»Signor Fato, ich muß Ihnen ein Kompliment machen. Das Essen ist köstlich. Und die Musik wirkt so anregend, aufregend ... erregend. Und mir ist so heiß!«

Während des gesamten Essens lief im Hintergrund Musik, die sich immer mehr steigerte und lauter und intensiver wurde. Luciano Fato klärte mich auf:»Bolero, ein spanisch-andalusischer Paartanz in mäßig bewegtem Takt.«

Ich fühlte mich bemüßigt ein»Huch, wie aufregend!«von mir zu geben. Dann riß ich mir die oberen Knöpfe meiner Bluse auf. Ich glaubte, die Musik machte mich so beschwingt. In Wirklichkeit war es wohl der Alkohol, der zu wirken begann.

Luciano glaubte wohl eher, es sei das viele Eiweiß:»Sie glauben gar nicht, was Eiweiß alles bewirken kann. Ich habe die unglaublichsten Erfahrungen gemacht.« Dabei beugte er sich über den Tisch und flüsterte mir verschwörerisch ins Ohr:»Meine Potenz ist schon von Natur aus ein Phänomen. Sie verstehen?! Austern, Hummer, Garnelen – Sie könnten sich die ganze Nacht an mir vergehen, Gnädigste. Ich bin so standhaft!!«

Kokett erwiderte ich kichernd:»Ich auch. Noch. Ach was. Sie verwirren mich so. Ich weiß eigentlich gar nicht, warum ich hier mit Ihnen diniere. Huch, ich bin so aufgekratzt!«

Luciano Fato konterte:»Besser aufgekratzt als abgekratzt.«

Dabei lachten wir beide närrisch. Dann entschuldigte er sich. Er müßte mal für kleine Jungs. Ich sollte es mir bequem machen. Er sei gleich wieder da.

Euphorisch eilte er ins Bad. Völlig überdreht schlich ich ihm hinterher. Ich konnte ja nicht ahnen, daß dies schon die zweite Linie Koks an diesem Abend war, die er sich gerade hemmungslos reinzog. Dann stürzte er in die Küche zum Personal.

Er klatschte mit den Händen in der Luft herum, um sich Gehör zu verschaffen. Dann scheuchte er die Köche und den Butler aus der Küche:»Ihr könnt gehen. Ich brauche euch nicht mehr. Feierabend! Geht schon, geht schon!« Er war ziemlich aufgeregt, und seine Stimme überschlug sich fast.

Dann ging er noch einmal ins Bad. Ich dachte schon, er hätte es an der Prostata. Doch die schien in Ordnung zu sein. Aber als ich so durch das Schlüsselloch guckte, sah ich gerade noch, wie er sein eben noch gepriesenes Körperteil hektisch einsprühte.

Spontan dachte ich an Desinfektionsmittel. Doch dann las ich die Aufschrift auf dem Flacon: Red Bull. Kichernd schlich ich mich wieder in den Salon zurück und begann verzückt und völlig weggetreten im Takt der Bolero-Musik zu tanzen, die mittlerweile kurz vor dem Höhepunkt stand. Ich riß mir das Oberteil vom Leib und warf die Schuhe von mir. Ich mußte ziemlich irre ausgesehen haben, als Luciano Fato wieder den Raum betrat. Aber auch er war völlig durchgeknallt und überdreht. Er packte mich und tanzte ein paar Schritte.

Plötzlich faßte er sich an die Brust. Sein Gesicht war schmerzverzerrt. Dann plötzlich änderte sich sein Gesichtsausdruck, und er schaute mich ganz ungläubig an. Dann knickten seine Beine weg, und er fiel der Länge nach hin.

Ich glaubte zuerst an einen Scherz. Zuzutrauen wäre es ihm gewesen. Ich beugte mich über ihn und schüttelte seine Schultern. Ich wartete jeden Moment darauf, daß er lachend über mich herfiel. Dann sah ich seine gebrochenen Augen, und mir war klar, daß er nie mehr lachen würde. Er war tot.

Mit einem Schlag war ich nüchtern. Im gleichen Moment wechselte der CD-Player. »*Killing me softly*« ertönte aus den Lautsprechern. Noch bevor ich weiter über diese skurrile Situation nachdenken konnte, spürte ich etwas Kaltes und Nasses in meinem Nacken. Völlig verängstigt und verwirrt drehte ich mich um und schaute in die traurigen Augen eines Boxers.

Hinter ihm aufgereiht nach Größe saßen drei weitere Hunde, deren Rasse ich im Moment nicht einzuordnen vermochte, die jedoch durch originelles Aussehen auffielen. Sie saßen einfach nur da, so als ob sie die Totenwache hielten. »*Killing me softly*« lief immer noch. Langsam erwachte ich aus meinem Schockzustand und zog mich hastig an. Ich warf einen letzten Blick auf Luciano Fato. Er war immer noch tot! Verstört verließ ich die Villa. Die Hunde saßen noch immer an der gleichen Stelle und schauten mir hinterher.

*

Es war noch am frühen Morgen, als es an meiner Tür Sturm läutete. Völlig verschlafen öffnete ich einem extrem wütenden Herrn Pichelhuber. Er schubste mich in die Wohnung und drückte mir eine Zeitung in die Hand. Ich schlug sie auf und schaute in das lebensbejahende und vor Unternehmungslust sprühende Gesicht von Luciano Fato. Dann laß ich die dicke Überschrift: »Berüchtigter Mafia-Boß zur Strecke gebracht«.

Darunter stand kleingedruckt: »Polizei rätselt. Hat geheimnisvolle Besucherin Luciano Fato auf dem Gewissen?«

Ich war entsetzt und sprachlos. Alfred Pichelhuber war sehr erregt und verärgert. Er schrie: »Wie konnte denn das passieren?

Das ist ... war mein bester Kunde! Hatte ich Ihnen nicht ans Herz gelegt, ein bißchen nett zu ihm zu sein? Er wollte doch lediglich ein wenig Spaß, Unterhaltung. Und Sie haben nichts Besseres zu tun, als ihn um die Ecke zu bringen. Das nenn' ich Dankbarkeit! Was hab' ich nicht alles für Sie getan!

Zuerst betrinken Sie sich sinnlos auf diesem zu Ihren Ehren begangenen Festakt. Ihr Führerschein ist futsch. Ihr Ruf so gut wie ruiniert. Ein Wort von mir zum Alten wäre Ihr persönliches Aus gewesen. Aber was mache ich Trottel? Ich halte meinen Mund und decke Sie. Ja, ich vertraue Ihnen sogar einen neuen Fall an. Und ich mache Sie mit einem der wichtigsten Männer dieser Stadt bekannt. Aber was ist der Dank? Sie bringen ihn einfach um. Nur, weil er ein Mann war, der Ihnen vielleicht ein wenig an die Wäsche wollte. Pah ...! Höchste Zeit, daß mal einer Ihnen gezeigt hat, wo es langgeht, Sie sitzengebliebene Schnepfe.«

Er hatte sich immer mehr in Rage geredet und stürzte sich nun völlig haßerfüllt auf mich.

»Komm her, du verdammte Nutte! Ich zeig dir jetzt, wie es in Zukunft zwischen uns weitergeht.«

Dann riß er mich hoch und warf mich auf den Sekretär.

Ich war kaum bekleidet, hatte nur einen Morgenrock an, und er war eindeutig stärker als ich. Er hätte also ein leichtes Spiel mit mir gehabt, wäre da nicht Herr Sowotny gewesen, der zufällig an meiner Wohnungstür vorbeiging und das Geschrei hörte.

»Ist alles in Ordnung, Frau Klasen? Es war so laut bei Ihnen. Und die Tür stand offen ...«

Ich befreite mich von dem Kerl, der mich gerade vergewaltigen wollte und ordnete meine Kleidung ... na ja, schob meinen Morgenmantel zurecht und bedankte mich bei Herrn Sowotny.

Ich war merklich erleichtert. Alfred Pichelhuber ließ zwar von mir ab, konnte sich jedoch nicht verkneifen mir folgende Drohung ins Ohr zu zischen: »Keine Sorge, das hier setzen wir ein anderes Mal fort.«

*

Es regnete mal wieder. Ich stand vor dem »Flotten Hecht« in Heidelberg und hielt Ausschau nach einem direkten Zugang zur Wohnung von Frau Wansenhuber, die direkt über dem Restaurant lag. Plötzlich huschte eine Frau an mir vorbei und verschwand hinter einer Tür.

Ich glaubte Agathe Schimmelpfennig erkannt zu haben. Aber die hatte ich eigentlich als graue Maus in Erinnerung. Diese Frau hier war eine äußerst gepflegte und ein wenig auf femme fatale gemachte Dame. Gedämpfte Musik drang nach außen, und fröhliche Stimmen waren zu hören. Ich wunderte mich, ging aber weiter und vergaß den Vorfall gleich wieder.

Schließlich erreichte ich die Wohnungstür von Frau Wansenhuber. Ich klingelte, und sie begrüßte mich mit den Worten: »Ach, Sie sind es. Kommen Sie doch rein. Ich dachte schon, es sei die Polizei. Seit Ihrem Besuch vor zwei Tagen bin ich ganz durcheinander.«

Ich stellte mich etwas naiv und fragte sie: »Warum die Polizei? Haben Sie denn ein Geständnis abgelegt?«

Sie winkte spöttisch ab. »Gott bewahre! Ich gehe doch nicht freiwillig in den Knast. Aber ich mußte doch damit rechnen, daß Sie mich verpfeifen. Aber das haben Sie ja offenbar nicht gemacht ... Was ist der Grund Ihres Besuches? Sie wissen doch bereits alles!«

Ich kam ohne Umschweife zur Sache.

»Sie haben recht, Frau Wansenhuber. Ich mache Ihnen folgenden Vorschlag: Ich behalte mein Wissen über den Tathergang für mich und schweige für alle Zeiten wie ein Grab. Sie bekommen dafür weiterhin ein Leben in Freiheit geschenkt. Und Sie müssen keine Angst mehr haben, wenn es an der Tür klingelt. Im Gegenzug dazu bekomme ich Ihre zwei Millionen Euro. Sie müßten mir nur diese Quittung hier unterschreiben. Damit bestätigen Sie mir den Erhalt des Geldes, das selbstverständlich in meinen Händen bleibt.«

Frau Wansenhuber schaute mich ungläubig an. »Das ist ja Erpressung!«

»Besser eine Erpressung als ein Mord. Was gibt es da viel zu überlegen?! Ein Anruf bei der Polizei, und Sie sitzen lebenslang im Knast. Wem ist damit gedient? Weder Ihnen noch mir! Aber ein bißchen Strafe muß schon sein. Finden Sie nicht auch? Schließlich haben Sie Ihren ›geliebten‹ Ehemann heimtückisch ermordet!«

Frau Wansenhuber schien immer noch nicht verstanden zu haben.

»Er hat es nicht anders verdient! Er war ein Schwein. Er hätte uns kurz oder lang mit seiner Trunksucht ruiniert. Ihn aus dem Weg geräumt zu haben, das bereue ich nicht. Das war purer Selbsterhaltungstrieb. Wenn ich etwas bereue, dann, daß ich mich vor zwanzig Jahren habe aus dem Haus jagen lassen und das Liebste, was ich hatte, zurückgelassen habe.«

Sie machte plötzlich einen sehr traurigen Eindruck. Deshalb fragte ich nach, was sie damit meinte.

Sie antwortete ganz in Gedanken und weit weg: »Meine Tochter Annette.«

Jetzt wurde ich neugierig. Ich forderte sie auf, mir zu erzählen, wie es dazu gekommen war.

Zuerst winkte sie ab, meinte, die Geschichte sei zu lang und würde mich auch nicht interessieren. Schließlich gab sie nach und nahm mich mit in ihre tragische Vergangenheit.

»Es fing alles damit an, daß ich diesen Mann gar nicht erst hätte heiraten dürfen. Aber das Kind – also Annette – war unterwegs. Und ich dachte, wir schaffen das schon irgendwie. So nach dem Motto: Ein Mann ist ein Rohstoff und kein

Fertigprodukt. Ich werd' ihn schon so hinkriegen. Es kristallisierte sich jedoch schnell heraus, daß mein erster Mann – er hieß übrigens Rudolf – ein ziemlich gefühlloser Macho war. Ich verliebte mich kurz darauf in eine im Nachbarort lebende Frau. Wir waren sehr zärtlich zueinander und verbrachten viel Zeit zusammen. Kurzum, wir gaben uns das, was wir von unseren Männern nicht bekamen. Zärtlichkeit! Es war im Grunde genommen eine harmlose Frauenfreundschaft mit Streicheleinheiten. Mein Pech war, daß Rudolf uns im Bett überraschte. Und dann stellte sich heraus, daß Roswitha nicht nur irgendeine Frau war – nein – sie war auch die verflossene Geliebte meines Mannes. Und ich hatte sie ihm – aus seiner Sicht – ausgespannt beziehungsweise abspenstig gemacht. Aber das Schlimmste war ja in seinen Augen die moralische Abartigkeit. Sie wissen ja vielleicht, wie das in den siebziger Jahren war. Ein Mann durfte eine oder auch mehrere Geliebte haben. Er durfte auch in den Puff gehen. Aber eine Frau, die Zärtlichkeiten mit einer anderen austauscht, das war unvorstellbar pervers. Und noch dazu mit seiner Geliebten – also das war zuviel für sein männliches Ego. Er zerrte zuerst Roswitha aus dem Bett, schlug und vergewaltigte sie vor meinen Augen. Er behandelte sie wie ein Stück Vieh. Dabei beschimpfte er sie aufs schlimmste. Als er mit ihr fertig war, jagte er sie halbnackt aus dem Haus. Es war Winter und sehr kalt. Dann stürzte er sich auf mich. Er benutzte ziemlich schlimme Schimpfworte.«

»Ersparen Sie mir Details.«

»Dann hat er mich erpreßt. Er würde mich im ganzen Dorf lächerlich machen. Und er sei schon sehr gespannt, was unsere Tochter dazu sagt, daß ihre Mutter es mit einer Frau treibt. Wenn ich mir diese Peinlichkeiten ersparen wolle, dann sollte ich innerhalb einer Stunde unser gemeinsames Haus verlassen und ihm versprechen, keinerlei Kontakte zu unserer Tochter aufzunehmen. Ich war so naiv, so eingeschüchtert und beschämt, daß ich tatsächlich meine Sachen gepackt habe und gegangen bin. Aber das sind doch olle Kamellen ...! Warum interessiert Sie das eigentlich?«

Da platzte es spontan aus mir heraus. »Weil ich gerade dabei bin, meine eigene Mutter zu erpressen.«

Gertrude Wansenhuber lachte ungläubig. »Kindchen, wie kommen Sie denn auf so etwas Absurdes?«

»Erstens: Wir haben beide an derselben Stelle ein Muttermal.«

Dabei schob ich ihren Schal und meinen Rolli beiseite, um ihr die Übereinstimmung zu demonstrieren. Ich fuhr mit meinen Überlegungen fort.

»Das muß jedoch noch nicht viel besagen. Aber zweitens: Wir reagieren beide allergisch auf Alkohol. Diese Übereinstimmung kommt schon etwas seltener vor. Und drittens sind Sie laut eigenem Bekunden vor dreißig Jahren von der Familie weggegangen und haben eine Tochter namens Annette zurückgelassen. Ich heiße Annette. Und ich bin vor dreißig Jahren von meiner Mutter in einer Nacht-und-Nebel-Aktion verlassen worden. Wir wohnten in einem kleinen Ort namens Röhrmoos. Das liegt in Bayern. Und mein Vater hieß übrigens auch Rudolf. Aber er erzählte mir eine ganz andere Version. Beziehungsweise, er hat sich bis zu seinem Tod durchgeschwiegen. Er hinterließ mir jedoch die ganzen Jahre hindurch das Gefühl, daß meine Mutter uns wegen eines anderen Mannes verlassen hatte. Ich hab' nie begriffen, daß mich die eigene Mutter einfach so im Stich lassen konnte. Anfangs quälte ich mich mit dem Gedanken, daß ich sie verärgert haben könnte und sie mich deshalb nicht mehr lieb hatte und darum weggegangen ist. Später fing ich an, sie zu

hassen. Und das blieb so bis zum heutigen Tag. Ich konnte ja nicht wissen, was für ein Schwein mein Vater war.«
Gertrude Wansenhuber war immer noch skeptisch. »Mein erster Mann Rudolf hieß Wansenhuber. Ich habe seinen Namen beibehalten. Er hat jedoch noch einmal geheiratet und den Namen seiner zweiten Frau übernommen, wohl, um alle Spuren von sich und seiner Tochter zu beseitigen. Ich weiß nicht einmal ihren Namen ...!«
»Klasen, ihr Name ist Klasen.«
Nun hatte ich sie überzeugt.
Stotternd sagte sie: »Dann sind Sie ... bist du es wirklich?«
»Sieht wohl so aus.«
Sie fragte etwas verlegen: »Was denkst du jetzt von deiner Mutter, einer Mörderin?«
Ich versuchte, etwas flapsig zu sein, um ihr zu helfen. »Ach, weißt du, Mutti, das war eine einmalige Verzweiflungstat. Die Psychologen würden sagen: Dein Leidensdruck war einfach zu hoch. Und schließlich bleibt statistisch jeder zweite Mord unentdeckt.«
Meine Mutter schien nicht sehr überzeugt. »Aber ich hab' trotzdem ganz schön viel Mist gebaut in meinem Leben, findest du nicht?« Dabei schaute sie mich traurig an.
Ich versuchte sie aufzubauen. »Ach, Mutti, Frauen geben Fehler leichter zu als Männer. Deshalb sieht es so aus, als machten sie mehr. Aber ich gebe dir insofern recht, daß man ab einem bestimmten Altersabschnitt keine gravierenden Fehler mehr machen sollte. Man hat vielleicht keine Zeit mehr, sie zu korrigieren.«
Meine Mutter protestierte lachend: »Na hör mal! So alt bin ich ja noch nicht!«
Ich wollte mich mit ihr versöhnen und keine weiteren Vorwürfe im Raum stehen lassen. Deshalb schlug ich ihr vor:

»Laß uns einen Strich unter die Vergangenheit machen! Man kann nicht ändern, was passiert ist, aber sich miteinander versöhnen. Du hast es nicht einfach gehabt in deinem Leben. Und ich bin wütend, daß Vater mich so für dumm verkauft hat. Mein ganzes Leben wurde dadurch geprägt.«

Meine Mutter antwortete: »Manchmal ist die Wahrheit etwas unscharf.«

Ich verstand nicht so richtig, was sie damit meinte, wollte aber auch nicht nachhaken, weil ich instinktiv spürte, daß sie damit recht hatte. Nun hatte ich Gelegenheit, über mein nächtliches Erlebnis zu sprechen. Sie war meine Mutter und offenbar kein schlechter Mensch. Ihr konnte und wollte ich mich anvertrauen.

Die Zeitung mit dem Konterfei von Luciano Fato lag offen herum. Ich tippte auf das Photo und sagte: »Ich habe auch etwas zu gestehen. Ich habe die letzte Nacht mit diesem Kerl verbracht. Nein, nicht so, wie du meinst!«

Meine Mutter fragte mich entsetzt, was ich denn mit der Mafia zu tun hatte. Jetzt mußte ich ein wenig ausholen.

»Das ist eine längere Geschichte. Vor einer Woche gab es anläßlich meiner Erfolge in der Firma eine Feier. Unser Direktor Schimmelpfennig hat mich über den Klee gelobt und als ›beste Spürnase des Jahres‹ geehrt. Irgend jemand, der meine Alkoholallergie kannte – und ich habe so meine Vermutung –, hat mir über den ganzen Abend verteilt Alkohol in meinen Saft gemischt. Ich hatte nichts gemerkt und bin schließlich stark alkoholisiert nach Hause gefahren. Vor meiner Wohnung hat es mich dann erwischt. Ich bin mit einem anderen Fahrzeug kollidiert. Die Einzelheiten, also Blutprobe, Führerscheinentzug etc., erspare ich dir. Ich vertraute mich schließlich Herrn Pichelhuber, meinem Vorgesetzten, an. Er ließ bei dem Gespräch durchblicken, daß er mich verehrt und mich deshalb auch nicht verrät. Alles leeres Gerede, Lügen, wie ich heute morgen feststellen mußte, als er plötzlich wutentbrannt vor meiner Tür stand und mich beinahe vergewaltigt hat. Ich bin auf diesen Kerl reingefallen. Ich habe viel zu spät gemerkt, daß er mich beruflich ruinieren und von sich abhängig machen will. Er war es übrigens auch, der mich mit diesem Luciano zusammengebracht hat. Das war nämlich bis gestern abend einer seiner besten Kunden. Aber anscheinend verbindet die beiden auch eine Männerfreundschaft. Auf jeden Fall wollte mich Pichelhuber mit diesem Fato verkuppeln. Mir hat er von einem wichtigen Empfang erzählt. Als ich jedoch dort ankam war ich der einzige Gast. Luciano schmiß sich mir vor die Füße. Eine rote Rose zwischen seinen Lippen hätte gerade noch gefehlt. Dann hat er mich mit Eiweiß und Champagner abgefüllt und ständig von seiner Potenz geprahlt. Er ist auffällig oft auf die Toilette gegangen. Was er dort gemacht hat, kann ich nur ahnen. Ich vermute mal, er hat sich zugekokst. Und so ist es wohl auch zu seinem Herzinfarkt gekommen. Er war völlig durchgeknallt. Ich war aber auch nicht schlecht drauf. Eigentlich hatte ich viel Spaß mit ihm. Er hatte Unterhaltungswert. Irgendwie war er kein richtig schlechter Typ. Na ja, und heute früh stand Alfred Pichelhuber vor der Tür. Gott sei Dank kam mein Nachbar – vom Lärm alarmiert – vorbei und hat Schlimmeres verhindert. Mit dem feinen Herrn rechne ich noch ab! Hilfst du mir dabei?«

Meine Mutter gluckste zufrieden in sich hinein. Dann sah sie mich verschwörerisch an.»Aber mit dem größten Vergnügen! Schließlich habe ich noch eine Rechnung offen mit deinem verstorbenen Vater. Da ich mich an dem aber nicht mehr rächen kann, wird eben der gute Herr Pichelhuber dran glauben müssen. Aber jetzt gehen wir erst einmal was Lekkeres essen. Ich muß doch meine wiedergefundene Tochter feiern!«

*

Wir liefen ein paar Straßen weiter, und wie es der Zufall wollte, landeten wir in genau demselben Restaurant, in dem ich kürzlich meinen großen Auftritt hatte. Paolo, der Besitzer des Restaurants, eilte uns mit offenen Armen und schwulem Gebaren entgegen. Er begrüßte meine Mutter überschwenglich. Sie kannten sich offenbar recht gut.

Als er schließlich erfuhr, daß ich ihre Tochter war, geriet er vollkommen aus dem Häuschen. Er machte ihr theatralisch Vorwürfe, weil sie mich schönes, erwachsenes Exemplar all die Jahre ihm vorenthalten hatte. Mein Mutter winkte lässig souverän ab und beruhigte ihn. Schließlich gab er uns den besten Platz im Restaurant. Der Kellner kam und machte uns mit wichtiger Miene darauf aufmerksam, daß es heute frische Austern gab. Noch bevor er weiterreden konnte, unterbrach ich ihn fragend: »Direkt von den Austernbänken bei Arcachon?«

Dabei zwinkerte ich ihm übermütig zu. »Gewiß, gnädige Frau, gewiß.«

Er schaute mich verwirrt an. Dann ging ein Ruck durch seinen Körper und sein verschreckter Blick signalisierte, daß er mich wiedererkannt hatte. Er faßte sich und nahm mit gequälter Miene die Bestellung auf: vier Dutzend Austern für meine Mutter, vier Dutzend Austern für mich. Eine weitere Gemeinsamkeit stellte sich da eben heraus – nämlich Unmäßigkeit!

Der Kellner sagte nichts. Er schaute mich nur verzweifelt an.

Seine Augen fragten: Sind Sie sicher, *signora?* Ich antwortete mit einem bestätigenden Nicken: Ganz sicher, mein Junge.

Dann überließen wir uns dem puren Genuß. Es schien sich mittlerweile herumgesprochen zu haben, wer ich war, denn sowohl Paolo als auch der Kellner beobachteten mich mißtrauisch. Als ich mich auf die Toilette zurückzog, um mich frisch zu machen, verfolgten mich ihre entsetzten Blicke.

Ich stand vor dem Spiegel und schminkte mir die Lippen nach. Die Toilettenfrau saß in der Ecke und schaute interessiert zu. Auch sie hatte mich wiedererkannt. Wir tauschten wissende Blicke aus. Beim Verlassen des Waschraums rief sie mir fröhlich hinterher: »Heut' schauen's aber g'sünder aus, gell?«

Dann sah ich in der hintersten Ecke des Restaurants Claus von Litzow, den angeblichen Michelintester, der mich um meine Brieftasche erleichtert hatte. Ich faßte sofort einen Plan. Gleichzeitig lächelte ich besonders süßlich in seine Richtung. Bei meinem unverhofften Anblick zuckte er sichtbar zusammen und war auf einmal in Aufbruchstimmung. Meine Mutter ließ sich gerade die Rechnung geben. Ich nickte genüßlich, als ich die hohe Summe sah, und riß sie ihr aus der Hand. »Einen Teufel wirst du tun. Die Rechnung geht an den Herrn da drüben.«

Dabei zeigte ich diskret auf Claus von Litzow.

Der Kellner zeigte sich entsetzt: »Aber das ist doch der Tester vom Guide Michelin! Der zahlt doch nicht!«

Ich erwiderte sehr bestimmt: »Der zahlt! Und soll ich Ihnen noch etwas verraten? Der Kerl ist ein Betrüger, Hochstapler und Dieb. Und ich würde mich an Ihrer Stelle sputen, bevor er sich davonschleicht.«

Das schien ihn überzeugt zu haben, denn nun stürmte er

zum Tisch von Litzows. Ich konnte mir ein Grinsen nicht verkneifen. Zähneknirschend zahlte er die Rechnung. Beim Hinausgehen erhielt er vom Besitzer des Restaurants Hausverbot. Meine Mutter und ich sahen uns verschwörerisch und zufrieden an. Das Leben konnte so weitergehen, dachte ich für mich.

*

Wir standen vor dem Haus meiner wiedergefundenen Mutter, nachdem wir unser Mittagessen beendet hatten.

Eine Frage drängte sich mir auf: »Was hat es eigentlich mit dieser anderen Tür auf sich?«

Meine Mutter fragte überrascht zurück: »Welche Tür?«

Wir gingen weiter, bis wir vor dem besagten Eingang standen.

»Ach so, das hast du also auch schon entdeckt! Jetzt sollst du auch mein letztes Geheimnis erfahren.«

Mit diesen Worten öffnete sie die Eingangstür zu einem Salon.

Jede Menge gutaussehender Männer jeder Altersklasse standen oder saßen herum. Es handelte sich hier um einen Privatclub mit extrem eleganter Atmosphäre. Ein Pianist saß am Flügel und spielte. Champagner trinkende Damen unterhielten sich angeregt mit ihrer männlichen Begleitung und ließen sich verwöhnen. Meine Mutter riß mich aus meinen Beobachtungen: »Mein verstorbener Gatte wollte mich verpfeifen. Der Laden ist illegal. Aber alle haben ihren Spaß. Warum also sollte ich etwas daran ändern? Das ist meine späte Rache. Willst du meine Geschäftsführerin werden? Mir wächst das alles über den Kopf ...! Das Restaurant und der Club ...«

Auf diese Frage war ich nicht vorbereitet. Und überhaupt war ich von dem, was ich sah, sehr irritiert. In dem Moment entdeckte ich Agathe Schimmelpfennig. Sie turtelte mit einem sehr gut aussehenden jungen Mann. Beide tranken Champagner und waren offenbar in bester Laune.

Vielleicht hatte ich sie zu intensiv angestarrt. Jedenfalls guckte sie plötzlich in meine Richtung. Dann flüsterte sie ihrem Galan etwas in sein Ohr und kam auf mich zu.

Sie sagte: »Das ist mir äußerst peinlich. Ich glaube, ich bin Ihnen eine Erklärung schuldig. Haben Sie Zeit und Lust, mit mir ein Glas zu trinken? Natürlich nicht hier. Um die Ecke, nicht weit von hier, gibt es eine nette Bar!«

Ich sagte spontan zu, und wir machten uns auf den Weg. Ich war so richtig neugierig.

*

Die Bar war ein Bistro, und wir fanden einen Tisch am Fenster. Agathe war nicht zu bremsen. Ich glaube, sie hatte auf den Moment gewartet, sich endlich jemandem anzuvertrauen und über ihr Doppelleben reden zu können.

»Also, was soll ich um den heißen Brei herumreden. Mein Mann und ich, wir öden uns an, haben aber nicht den Mut, darüber zu reden. Zwischen uns spielt zuviel Achtung eine Rolle. Er will mich einfach so sehen, wie ich nicht bin oder nicht mehr sein will – das Muttchen am Herd. Ich habe mich schon vor geraumer Zeit emanzipiert. Er hat es nur nicht bemerkt oder wollte es nicht wahrhaben. Also habe ich weiterhin die graue kleine Maus an seiner Seite gespielt. Insgeheim habe ich mir einen Freiraum geschaffen, in dem ich mich ausleben kann. Wo ich nicht die brave Agathe, sondern die wilde Agnes bin. Wüßte mein Mann von meinem Treiben – er wäre schockiert. Mehr würde es aber auch nicht bewirken! Also erfährt er es besser nicht. Und die heile Welt bleibt uns erhalten. Wir achten und respektieren uns. Das ist ja schließlich auch schon eine ganze Menge, oder?!«

Ich fragte sie ungläubig beziehungsweise schockiert: »Und an Trennung haben Sie noch nie gedacht? Ich meine, um das alles offen ausleben zu können?«

»Warum sollte ich? Wir sind seit dreißig Jahren zusammen. Das ist eine lange Zeit. Und wir hatten bei Gott nicht nur schlechte Zeiten! Glauben Sie vielleicht, einer von diesen wohlgeformten gutaussehenden Jungs würde mir die nächsten dreißig Jahre erhalten bleiben?«

Sie lachte spöttisch. Dann fuhr sie mit ihrem Monolog fort.

»Das glauben Sie doch nicht im Ernst? Also werde ich weiterhin einmal im Monat für ein paar Tage meine sexuellen Wünsche befriedigen, um dann wieder unser Spießerdasein zu Hause besser ertragen zu können. Ich kann Ihnen übrigens Luis wärmstens empfehlen. Er ist ein vollendeter Kavalier. Und er kann so schön gehorchen ...! Ich glaube fast, es macht ihm wirklich Spaß.«

Ihre Stimme bekam plötzlich einen exaltierten Ausdruck.

»Ich glaube, ich schenke ihm ein goldenes Hundehalsband. Meinen Sie, darüber freut er sich?«

Agathe Schimmelpfennig schaute mich ganz verzückt und geistig etwas abwesend an. Ich war rat- und sprachlos. Dann stand sie auf und schwebte davon, vermutlich in die wohlgeformten Arme von Luis.

*

Am nächsten Tag war ich wieder im Büro. Ich sollte mir die Unterlagen von meinem neuen Fall bei meinem Vorgesetzten abholen. Voller Ekel und Abscheu betrat ich sein Büro. Er war mit zwei Kollegen in ein Gespräch vertieft und auch nicht unbedingt erfreut, mich zu sehen. Dementsprechend überheblich trat er mir gegenüber auf. Mit ein paar arroganten Bemerkungen, wo ich denn die ganze Zeit stecken würde und daß er wenig Zeit habe, überreichte er mir die Unterlagen. Dann meinte er noch, er hoffe doch sehr, daß ich in diesem Fall mehr Fingerspitzengefühl zeigen werde. Dabei schaute er mich drohend an. Ich verließ grußlos den Raum, atmete vor der Tür erst einmal tief durch und sagte laut: »Arschloch!«

* * *

Luciano Fato war zwar tot. Aber zu seinen Lebzeiten hatte er Pichelhuber mit seinem Angebot, mit seinen Mädchen kostenlos zu schlafen, heiß gemacht. Versprechungen galten Pichelhubers Meinung nach über den Tod hinaus.

Also besuchte er eines Abends zu fortgeschrittener Stunde einen der Nachtclubs Fatos. Er ließ die Puppen tanzen und bestellte Champagner vom Feinsten, in jedem Arm ein leichtes und, so hoffte er, williges Mädchen. Er trank und schäkerte mit ihnen. Schließlich fragte er die Mädchen, was sie davon hielten, eine heiße Nummer mit ihm zu schieben. Sie sagten: »Klar doch, laßt uns hochgehen!« Pichelhuber rief dem Barmann zu, er solle noch eine Magnumflasche aufs Zimmer hoch bringen, aber zügig. Dann stolperten sie die Treppe hinauf. Die Mädchen entkleideten sich. Pichelhuber flätzte sich in einen Sessel und schaute lüstern zu. Er konnte sich kaum noch zurückhalten.

Er rief ihnen zu:»Los, verwöhnt mich! Du nimmst meinen Schwanz in den Mund. Und du da lutschst an meinen Füßen. Und dir, du kleine schwarze Hexe, ramme ich den größten Dildo, den du jemals gesehen hast, in deine kleine Fotze. Na, wie findet ihr das?«

Mit sich und der Welt zufrieden lehnte er sich großkotzig in seinen Sessel zurück. Die Nutten schienen das Ganze etwas nüchterner zu sehen.

Sie standen aufgereiht vor ihm und verkündeten:»Erst einmal klären wir das Finanzielle. Wir drei kosten zusammen 'nen Tausender die Stunde. Wenn du mehr willst, wird es entsprechend teurer. Extras sind nicht im Preis enthalten. Also, was ist, Süßer?«

Pichelhuber hatte das Gefühl, daß der Moment gekommen war, diese Mädels darüber aufzuklären, wer er eigentlich war. Wie sprachen die denn überhaupt mit ihm! Deshalb konterte er sofort:»Ach, Quatsch mit Soße! Ich bin ein Kumpel von Luciano. Luciano Fato, versteht ihr? Für mich ist hier alles umsonst. Kapiert?«

Er hatte nicht bemerkt, daß eines der Mädchen den roten Alarmknopf betätigte. Augenblicklich wurde die Tür aufgestoßen und zwei Bodyguards, Türsteher oder Rausschmeißer stürmten das Zimmer. Sie schlugen ihn wortlos zusammen und warfen ihn dann halbnackt vor den Eingang des Nachtclubs, nicht ohne ihm vorher das Geld für den Champagner aus der Brieftasche zu nehmen.

Dann rief ihm noch einer von denen sarkastisch hinterher:»War alles umsonst!«

* * *

Mit meinem neuen Auftrag in der Tasche machte ich mich auf den Weg zu der Domina Brunhilde. Was mochte mich bei so einer wohl erwarten? Ich war gespannt!

Der Fahrstuhl hielt direkt vor ihrer Wohnungstür, auf der ein großes Schild mit ihrem Titel und Namen angebracht war.

Gerade in dem Moment, als ich ausstieg, öffnete sich ihre Wohnungstür, und ich stand Herrn Schimmelpfennig gegenüber. Was machte der denn hier bei dieser Domina? Mir gingen verschiedene Überlegungen durch den Kopf, die mich jedoch nicht weiterbrachten.

Deshalb fragte ich: »Herr Direktor, haben Sie den Fall höchstpersönlich übernommen?«

Er stotterte: »Wie? Welchen Fall?« Dann fing er sich ein wenig: »Habe mich in der Tür geirrt, ja eigentlich im Haus. Wollte einen alten Freund besuchen. Kriegskamerad, äh, oder so. Lebt wohl nicht mehr hier. Nichts für ungut.« Bei diesen Worten verbeugte er sich gegenüber der Domina und hob dabei grüßend seinen Hut.

Domina Brunhilde war überfordert. Ihr entglitt lediglich ein »Häh?!«.

Um die Situation etwas zu entspannen, fragte ich: »Darf ich eintreten? Ich komme in einer sehr persönlichen Angelegenheit!«

Sie konterte: »Das tun sie alle.« Dabei schaute sie auf einen sehr unglücklich wirkenden Herrn Schimmelpfennig, der noch immer auf dem Treppenabsatz stand, sich noch einmal stumm nickend verabschiedete und dann die Treppen förmlich herunterstolperte.

Schließlich ließ mich Domina Brunhilde eintreten. Ich traute meinen Augen nicht, was hier alles herumlag. Kinderkleidung, die gerade benutzt worden war, Accessoires wie Schnuller, Rasseln etc. Ich schaute wohl ziemlich ungläubig in die Runde. Dann faßte ich mich, denn mir wurde langsam klar, was sich hier eben noch abgespielt hatte.

Ein wenig wissend, begann ich grinsend das Gespräch: »Eigentlich komme ich wegen eines ihrer männlichen Kunden. Genauer gesagt, wegen Emil Eichelbacher. Er ist plötzlich letzte Woche unter mysteriösen Umständen verstorben. Das allein würde mich nicht zu Ihnen führen. Weshalb ich hier bin, das ist die Lebensversicherung, die er zu Ihren Gunsten abgeschlossen hat.«

Domina Brunhilde versuchte den Vorgang herunterzuspielen: »Herr Eichelbacher hat mich halt verehrt. Das tun auch andere Kunden. Da kann es schon mal vorkommen, daß mir die Herren was Gutes tun wollen.«

Ich konterte: »Okay, ich habe verstanden. Lassen wir mal den Herrn Eichelbacher und die anderen Herren beiseite, und konzentrieren wir uns ganz auf Herrn Schimmelpfennig.«

Sie tat erstaunt. Dies überraschte mich nicht.

»Wen meinen Sie?« fragte sie mich unschuldig und unwissend.

Jetzt konnte ich mich nicht länger zurückhalten, und ich schnauzte sie an: »Tun Sie doch nicht so scheinheilig! Ich meine den feinen Herrn, der gerade noch vor wenigen Minuten Strampelhöschen anhatte und mit einem Schnuller auf diesem Boden herumgerutscht ist.«

»Ach der ...!«

Jetzt war meine Geduld am Ende. »Passen Sie mal gut auf! Sie lassen jetzt die Spielchen und erzählen mir jede Einzelheit – und ich überprüfe den Tod des Herrn Eichelbacher nur sehr oberflächlich. Haben wir uns verstanden?«

Ich sah ihr an, daß sie begriffen hatte und daß sie keine andere Wahl hatte, als sich auf den Deal einzulassen. Sie nickte mir zu: »Ich glaube schon. Also, er ist einer von denen, die gerne ›Unterlegene Frau‹ oder abwechselnd auch mal ›Kleinkind‹ spielen. Harmlos! Diese Typen wollen bestraft und erniedrigt werden. Seiner Frau gegenüber getraut er sich nicht, seine sexuellen Wünsche zu äußern. Wie das eben so ist. Bei mir lebt er einmal die Woche seine Phantasien aus.«

Während die Domina die Vorlieben des Herrn Schimmelpfennigs schilderte, schaute ich mich ein wenig im Raum um und entdeckte plötzlich ein Antragsformular einer Lebensversicherung, das auf dem Tisch lag und von Ignaz Schimmelpfennig unterschrieben war. Ich stellte sie zur Rede. Sie gab kleinlaut zu, daß Ignaz Schimmelpfennig ihr nächstes Opfer hätte werden sollen. Eine lukrative Nebenerwerbsquelle!

Dann machte ich ihr ein Angebot, das sie nicht ausschlagen konnte, weil ich ihr ansonsten mit Polizei und überhaupt einer Menge Ärger drohte. Den Versicherungsantrag nahm ich mit.

*

Am nächsten Morgen betrat ich das Zimmer von Herrn Pichelhuber, die Akte der Domina unterm Arm. Als ich ihn sah, erschrak ich heftig.

Er saß mit einem völlig demolierten Gesicht hinter seinem Schreibtisch, voller Kratzer und Pflaster. Ein Auge war blau und ziemlich angeschwollen. Sein linker Arm war eingegipst und hing in einer Schlinge.

Ein Hauch von Hohn war wohl in meiner Stimme, als ich ihn fragte: »Sind Sie unter die Räuber gekommen? Sie sehen ja mitleiderregend aus!«

Herr Pichelhuber war sehr einsilbig und kleinlaut. Er nuschelte irgend etwas von »ausgerutscht«, »unglücklich gefallen«, »nur ein paar Kratzer«.

Ich ließ es dabei bewenden und berichtete ihm von dem Besuch bei Domina Brunhilde. Ich gaukelte ihm vor, daß ich mir noch kein genaues Bild von ihr hätte machen können, sie aber im Auge behalte. Dann kam ich zu meinem eigentlichen Anliegen.
»Was ich noch sagen wollte, Herr Pichel..., äh ... Alfred. Ich habe mir überlegt, daß wir vielleicht ... Also, eine Freundin überläßt mir übers Wochenende ihr Haus. Mit Swimming-Pool und so. Da dachte ich mir, vielleicht besuchen Sie mich dort. Allein wird es mir bestimmt langweilig. Und wir hätten dann auch Zeit, uns einmal in Ruhe auszusprechen. Was halten Sie davon?«
Alfred war begeistert. Er stellte gönnerhaft fest, daß ich wohl doch noch einsichtig würde ... Dabei lachte er diabolisch. Ich ließ ihn lachen, dachte mir meinen Teil und verabredete mich mit ihm für Samstag, 21 Uhr.

*

Er stand an besagtem Samstag pünktlich vor der Tür und klingelte. Das Namensschild »Schimmelpfennig« übersah er.
Ich lächelte einladend und verführerisch, als ich ihm öffnete.
»Treten Sie doch ein ... äh, ich wollte sagen, tritt doch ein, lieber Alfred. Ein Glas Champagner gefällig?«
Er war begeistert von dieser Idee, weil man da ja besser in Stimmung komme. Ich gab ihm lächelnd recht. In der Küche schüttete ich unbeobachtet K.-o.-Tropfen in sein Glas. Mir schenkte ich Sprudel ein.
Lächelnd kam ich ins Wohnzimmer zurück und reichte ihm sein Glas. Wir stießen erwartungsfroh an, er in der Hoffnung, ein paar heiße Stunden mit mir im Bett zu verbringen, ich

hingegen fragte mich, wie schnell das Schlafmittel wohl wirken würde.

»Lieber Alfred, wir sollten die kostbare Zeit nicht vertrödeln. Laß uns den Champagner im Bett trinken! Da schmeckt er so viel prickelnder!« Ich deutete auf die Schlafzimmertür. Alfred meinte anerkennend: »Du gehst aber ran. Echt scharf!«
Ich schaute ihn aufreizend und vielversprechend an.
»Geh doch schon einmal rein und mach es dir bequem! Ich komm' gleich nach.«
Er säuselte etwas wie »Laß mich nicht so lange warten, Süße!« und ging mit einem liebestollen Gesichtsausdruck in das Schlafzimmer.

Durch den Türspalt konnte ich sehen, wie er sich die Kleider vom Leib riß und sich auf das Ehebett der Schimmelpfennigs warf.

Die K.-o.-Tropfen schienen langsam zu wirken, denn Alfred wehrte sich in keiner Weise, als eine in schwarzes Leder gekleidete Frau ihn mit Handschellen ans Bett fesselte und dabei eine Peitsche schwang.

Die ganze Aktion hätte keine Minute später stattfinden dürfen. Herr und Frau Schimmelpfennig kamen gutgelaunt und ein wenig aufgekratzt von einem Opernbesuch zurück. Im Schlepptau hatten sie ein paar Freunde mitgebracht, die sich angeregt unterhielten und lachend ins Haus strömten.

Ich durfte bei dieser Aktion nicht offiziell dabeisein. Deshalb beobachtete ich von einem Versteck aus das weitere Geschehen.

Herr Schimmelpfennig forderte seine Gäste auf, es sich bequem zu machen, während er sich rasch umziehen wollte. Dann betrat er das Schlafzimmer. Kurz darauf hörte man einen hysterischen Aufschrei.

Alle Anwesenden stürzten in das Schlafzimmer, um zu sehen, was passiert war. Herr Schimmelpfennig stand über den nackten gefesselten Alfred Pichelhuber gebeugt und begutachtete mit weit aufgerissenen Augen die Situation.

Alle glotzten auf den nackten Mann, der gerade aus seiner Betäubung erwachte und völlig verwirrt um sich und auf die Gesichter schaute, die ihn angafften.

Um sein Geschlechtsteil hatte jemand mit Lippenstift ein Herz gemalt. Ignaz Schimmelpfennig hatte schon beim ersten Hinschauen seinen Abteilungsleiter erkannt. Jetzt fand er auch seine Sprache wieder. »Sie verlassen sofort unser Bett!«

Alfred Pichelhuber zuckte nur mit den Schultern und deutete mit dem Kinn auf die Handschellen. Agathe Schimmelpfennig machte den Vorschlag, den Schlüsseldienst kommen zu lassen.

Ihr Gatte zischte sie gereizt an, daß man dann auch gleich die gesamte Nachbarschaft zur Besichtigung einladen könne. Ein Gast warf ein, daß eventuell ein Lötbrenner hilfreich wäre.

Bei diesem Vorschlag zuckte Alfred ängstlich zusammen. Doch dann hatte Herr Schimmelpfennig eine Idee. Er zeigte auf einen kleinen Schlüssel, der neben einer zurückgelassenen Peitsche lag.

Frau Schimmelpfennig tat so, als wäre sie ziemlich aufgebracht: »Mein Gott, der hat ja hier eine richtige Orgie gefeiert! Dieses Schwein!«

Ihr Mann öffnete ihm angeekelt die Handschellen. Alfred erhob sich und versuchte seine Blöße zu verdecken.

Herr Schimmelpfennig gab an diesem Abend einen letzten Satz von sich, zumindest zu diesem Thema: »Sie sind entlassen. Fristlos!«

Alfred hüpfte, so schnell er konnte, nackt aus dem Schlafzimmer. Er stieg in sein Auto und fuhr mit Vollgas davon.

*

Am nächsten Tag traf ich mich mit Frau Schimmelpfennig in einem Café. Wir amüsierten uns köstlich. Ich erzählte ihr, was passiert war, bevor sie Zeugin des Ganzen wurde.
»Sie hätten dabeisein sollen. Es war einfach köstlich. Sein verdutztes Gesicht ...!« Ich holte mehrere Photos aus meiner Handtasche und zeigte sie ihr.
»Unsere gemeinsame Freundin war so nett, die besten Momente dieses Events zu dokumentieren.«
Wir guckten uns gemeinsam die Photos an und glucksten wie zwei Teenager. Dann faßte sich Agathe ein wenig und wurde vorübergehend ernst.
»Ignaz dachte doch tatsächlich einen klitzekleinen Augenblick, ich hätte etwas damit zu tun. Die ganze Sache war ihm fast peinlicher als diesem Pichelhuber. Was haben Sie dem eigentlich eingeflößt? Der war ja noch völlig weggetreten. Hat nur blöde vor sich hin gegrinst. Mein Mann hat ihm noch im Bett liegend gekündigt. Aber das haben Sie ja alles mitgekriegt! Wo waren Sie eigentlich versteckt? Na, ist ja auch egal. Das Problem ›Pichelhuber‹ wäre ja nun aus der Welt! Und mein Mann wurde dadurch ja auch ein wenig bestraft. Oder meinen Sie, das reicht noch nicht?«
Ich hatte Agathe reinen Wein eingeschenkt, als ich sie um ihre Hilfe bat. Zuerst wollte sie mir nicht glauben. Als ich sie jedoch mit der Domina bekannt machte und wir gemeinsam den Plan aushecken, Alfred eine Lektion zu erteilen, wurde sie davon überzeugt, daß jedes Wort stimmte. Jetzt überlegte sie fieberhaft, wie sie ihren Mann bestrafen und gleichzei-

tig wiedergewinnen und an sich binden konnte. Sie hatte da eine Idee ...

*

Ignaz Schimmelpfennig verkleidete sich heute als kleiner Junge. Die Domina legte ihm eine Augenbinde um. Sie wollten heute »Blinde Kuh« spielen. Ignaz war schon ganz aufgeregt. Gleichzeitig war er resigniert, weil es womöglich sein letzter Besuch bei Brunhilde war. Er hatte den Verdacht, daß seine Frau etwas ahnte. Das Risiko, entdeckt zu werden, war zu groß!
»Brunhilde, ich darf auf keinen Fall mehr zu dir kommen. Meine Frau ahnt etwas.«
Die Domina antwortete: »Dann muß ich dich aber jetzt sehr bestrafen.«
Agathe Schimmelpfennig näherte sich ihm mit einer Peitsche. Die Domina gibt ihr das Zeichen, zuzuschlagen. Mit voller Wucht landeten die Riemen der Peitsche auf dem nackten Hintern von Ignaz. Es machte ihm offenbar großen Spaß. Er stöhnte lustvoll. Daraufhin schlug sie noch heftiger zu. Jetzt machte es ihm keinen Spaß mehr. Er schrie auf: »Aua, aufhören! So streng warst du ja noch nie zu mir!«

*

Am darauffolgenden Abend wurde im Damenclub gefeiert. Lärmende Ausgelassenheit machte sich breit. Die Sektkorken knallten. Frau Schimmelpfennig, Annette Klasen und ihre Mutter und alle Mädels vom Puff lachten, sangen und tanzten.
Alle waren sie lustig. Von einer Person abgesehen – Al-

fred Pichelhuber hatte eine neue Anstellung gefunden. Er lief in einer Art Pagenuniform herum und war Mädchen für alles. Er goß Champagner nach und versuchte, es den Damen recht zu machen. Tim Fischer sang im Hintergrund.

*

Im großen Festsaal in der ersten Reihe saßen stolz und selbstbewußt Annette Klasen und ihre Mutter. Hinter ihnen hatten sich Agathe Schimmelpfennig und der Dirigent Vladimir Rhoshkenazy niedergelassen. Ignaz Schimmelpfennig hielt mal wieder eine Rede.

»Sehr verehrte Frau Klasen. Ich fühle mich überaus geschmeichelt, Sie erneut für Ihre Erfolge zu ehren. Aber dies ist ja nichts Neues für Sie. Neu ist jedoch, daß Sie ab dem nächsten Ersten Herrn Pichelhuber ablösen und Abteilungsleiterin werden. Herr Pichelhuber konnte sich einer neuen beruflichen Herausforderung nicht entziehen. Das Angebot war wohl zu attraktiv ... Nun ja ... Aber lassen sie uns doch nun zum geselligen Teil übergehen. Es darf getanzt werden!«

Die Tanzfläche füllte sich rasch. Direktor Schimmelpfennig forderte seine Frau zum Tanzen auf. Annette Klasen und ihre Mutter verabschiedeten sich. Agathe flüsterte ihrem Mann kokett ins Ohr: »Was hältst du davon, wenn wir uns vom Acker machen? Ich hab' zu Hause eine Überraschung für dich!« Dabei blinzelte sie ihm verschwörerisch zu. Ignaz schaute zuerst verängstigt. Schließlich strahlte er wissend und antwortete: »Ich bin ein gehorsamer Junge und folge dir.«

*

Draußen vor der Tür steht Annette Klasen und pfeift durch die Finger. Ein Wagen rollt auf sie zu.

Alfred Pichelhuber, bekleidet mit einer Chauffeursuniform, steigt aus, hält ihr die Wagentür auf und verbeugt sich unterwürfig.

Annette schnauzt ihn an: »Alfred, du Trottel, so halte doch die Tür richtig auf! Wir fahren nach Hause.«